CW01499352

Né en 1953 dans une famille franco-britannique, Romain Slocombe est l'auteur d'une trentaine de romans, dont *Monsieur le Commandant* sélectionné pour le Goncourt et le Goncourt des lycéens 2011 (réédité en 2021 en collection « Signatures »). *L'Affaire Léon Sadorski*, *L'Étoile jaune de l'inspecteur Sadorski*, *Sadorski et l'ange du péché*, *La Gestapo Sadorski*, *L'inspecteur Sadorski libère Paris* et *J'étais le collabo Sadorski* sont disponibles chez Points. L'auteur vit entre Paris et la Normandie.

Romain Slocombe

UNE SALE FRANÇAISE

ROMAN

Éditions du Seuil

ISBN 979-10-414-2070-4

© Éditions du Seuil, 2024
© Points, 2025, pour la présente édition

« Sur la table des soucis, le couvert est mis pour deux. »

Jérôme ATTAL,
L'Âge des amours égoïstes

Prologue

C'est un vieux dossier d'archive que j'ai reçu un matin sur ma messagerie. Deux femmes y figuraient, qui auraient pu n'en faire qu'une seule : elles avaient presque la même date de naissance, le même prénom, Aline, les mêmes initiales, et leurs noms de famille, bien que s'orthographiant différemment, se prononçaient de manière à peu près semblable – au point que la police française de l'épuration et la DST les ont confondues.

Troublé, je commençai à lire.

L'une semblait une vraie garce nazie, l'autre une fille de concierges qui, en des circonstances moins singulières, serait restée une ménagère sans histoires. Toutes deux avaient gagné ce territoire incertain que l'on appelait à l'époque la zone libre. Et l'ombre que répandait l'une éclairait l'autre.

Note de l'éditeur

Nous avons choisi de découper les pièces du dossier Bockert / Beaucaire en chapitres numérotés, selon les cas en romain ou en italique, et de leur attribuer des titres afin de faciliter la lecture. Par ailleurs, pour des raisons légales, certains patronymes ou prénoms ont été modifiés, de même que le nom d'un établissement scolaire du Jura. Enfin, il nous a fallu apporter quelques améliorations de nature grammaticale et stylistique à la « confession » manuscrite d'Aline Beaucaire, qui forme l'essentiel de ce récit – un mémorandum rédigé en septembre 1947 à l'intention du commissaire principal Maurice Cottentin, chef du secteur contre-espionnage à la Brigade de surveillance du territoire de Marseille –, sans que le sens ou le contenu nous en paraisse altéré, et en nous efforçant de respecter le ton de la narratrice.

En revanche, les documents de source policière et notamment ceux concernant Aline Bockert sont reproduits sous leur forme et leur graphie d'origine, y compris les coquilles et fautes du dactylographe, tels que découverts aux Archives nationales dans un carton déclassifié de la DST.

PREMIÈRE PARTIE

CHAPITRE I

FEMME DE MÉNAGE

Marseille, le 11 septembre 1947.

Je suis une femme sans histoires.

J'ai eu un mari, j'ai un enfant, j'ai une profession.

Je me nomme Beaucaire née Hoffert Aline, le 6 février 1911 à Wittelsheim (Haut-Rhin) de Hoffert Aloys et de Muller Émilienne. Je suis de nationalité française et j'ai déjà été condamnée, le 13 octobre 1942, par le tribunal militaire de Marseille à deux ans de prison, confiscation des biens, cinq ans d'interdiction de séjour, pour atteinte à la sûreté extérieure de l'État, en raison de mon rôle supposé dans l'affaire Brancaleoni-Carmas-Spietz-Decroix.

Je n'étais pas coupable, monsieur le commissaire, et suis la victime d'une erreur judiciaire. Tout ce que l'on pourrait me reprocher c'est d'avoir été imprudente.

La plus grande partie de ma détention s'est effectuée à la prison des Présentines, à Marseille. (Depuis que j'étais là-bas j'étais malade, avec une nourriture très insuffisante, et naturellement dans ces établissements il n'était pas question de soins.) J'ai purgé la condamnation intégralement, toute libération anticipée et rapatriement en Alsace – j'étais devenue automatiquement sujette du Reich en 1940 – m'ayant été refusés. Mais

17

l'administration judiciaire ayant tenu compte de la partie de ma peine accomplie en prévention, je suis sortie libre le 24 avril 1944.

Je lis, écris et parle couramment le français et l'allemand.

Je suis mère d'un enfant, Beaucaire Paul, âgé de dix-huit ans et qui est actuellement à ma charge. Nous habitons ensemble à l'hôtel Beausoleil, 45, allée Léon-Gambetta, à Marseille, où je suis employée comme femme de chambre. Mes parents sont domiciliés à Mulhouse, 14, rue Neppert, et exercent le métier de concierge.

Je me suis mariée le 19 août 1933 à Paris avec Beaucaire Roger, né le 17 novembre 1909 à Villeneuve-sur-Yonne. Mon mari, qui était prisonnier au stalag XVII A, en Autriche, a été rapatrié à la fin mai 1945. Nous avons divorcé le 26 mars 1946. Il est retourné auprès de sa famille dans l'Yonne mais j'ignore l'adresse exacte car ils ont déménagé.

Depuis ma naissance et jusqu'à l'âge de seize ans, j'ai vécu avec mes parents réfugiés dans diverses villes telles que Grenoble, Valence et Lyon.

J'ai ensuite commencé à travailler comme employée de magasin ou femme de chambre sur la Côte d'Azur, en Alsace puis à Paris. C'est pendant mon séjour en Alsace que j'ai eu mon enfant. J'avais dix-sept ans lorsque je suis tombée enceinte.

On m'avait conseillé de le faire passer, mais la personne qui devait me fournir une adresse a trouvé celle-ci beaucoup trop tard, et puis en fin de compte j'avais envie de le garder, même si ce n'était pas simple d'être acceptée si l'on sait que vous êtes fille mère.

Alors que j'étais employée comme femme de ménage dans une maison bourgeoise à Paris en 1933, je me suis mariée avec Beaucaire Roger, peintre en bâtiment, que j'avais rencontré lors d'un bal du 14 Juillet, et il a accepté de reconnaître mon fils, bien que n'étant pas le géniteur. Nous habitions Issy-les-Moulineaux à l'époque.

En juillet 1934 nous sommes partis nous installer à Mulhouse, où habitaient désormais mes parents au 11, rue des Vosges, et où Roger avait été embauché par une entreprise de peinture. Nous étions encore dans cette ville à la déclaration de la guerre en septembre 1939.

À ce moment-là mon mari a été mobilisé au 204e régiment d'infanterie à Auxerre, il a fait la guerre puis a été fait prisonnier en juin 1940 à Nancy.

Pendant la drôle de guerre et jusqu'à l'invasion j'avais continué à travailler comme femme de chambre soit dans des hôtels, soit dans des maisons bourgeoises. En juin 1940, je n'ai plus pu trouver de travail et j'ai dû vendre la plupart de mes meubles qui étaient dans notre appartement, 3, rue des Chantiers, à Mulhouse.

À la fin de janvier 1941, j'ai décidé d'aller chercher du travail en Allemagne, laissant mon fils à la garde de mes parents. Me rendre dans ce pays était facile puisqu'au mois de juillet 1940 il avait été annoncé que devenaient allemands tous les Alsaciens et Lorrains nés en Alsace ou en Lorraine de parents alsaciens ou lorrains. Outre les drapeaux nazis évidemment, on voyait chez nous sur les murs, depuis la défaite, beaucoup de croix gammées tracées à la craie et de « *Heil Hitler* ». Remarquez, cela ne signifie pas qu'une majorité d'Alsaciens ou de Lorrains avait ce genre d'opinions. Je me rappelle tous les gens qui pleuraient en silence le long des trottoirs et des routes lorsque nous avons vu passer les centaines de milliers de soldats français prisonniers, en marche vers l'est. Mais quoi qu'il en soit je suis partie le 30 janvier et c'est ainsi que j'ai obtenu une place de femme de chambre à l'hôtel Rapp, 22 Seestrasse à Stuttgart, à partir du 1er février 1941.

C'est dans cet endroit que j'ai fait la connaissance d'un certain M. Haller.

On pourrait dire qu'à partir de ce jour, monsieur le commissaire, petit à petit j'ai cessé d'être une femme sans histoires.

CHAPITRE II

DES QUESTIONS

Direction de la Surveillance du Territoire
3ᵉ Section

Nᵒ A 2612 SN/STA
  L'inspecteur O.P.J. DURANTON Antonin
  à Monsieur le Commissaire Principal
  Chef de la 3ᵉ Section

OBJET : LIKI[1] – *affaire BOCKERT Aline*
REFER : *C.R.[2] du 30.5.1947 de M. Marchieulit [sic]*
M. Marseille

  J'ai l'honneur de vous rendre compte du résultat de l'enquête effectuée selon vos instructions en exécution de la C.R. citée en référence.

---

1. Nom de code d'une opération lancée en 1946 par la DST afin d'enquêter sur les réseaux organisés en France par les services de renseignement étrangers à la faveur de la Libération. Elle a permis l'arrestation de plus de dix mille suspects. *(Toutes les notes sont de l'auteur.)*
2. Commission rogatoire. L'orthographe correcte du nom du capitaine juge d'instruction au 2ᵉ tribunal militaire de Marseille est Marchelli.

Il était demandé :

1°) Aline BOCKERT a-t-elle été réellement mêlée à une affaire d'espionnage en Zone Libre avec son amant, le nommé CAT ?

Il y a confusion entre l'inculpée BOCKERT Aline, née le 5.2.1916 à Lucerne (Suisse) et la nommée BEAUCAIRE Aline, née HOFFERT le 6.2.1911 à Witelheim [sic] (Ht Rhin). C'est cette dernière qui a eu pour amant CAT Louis, né le 3.7.1915 à Abois [sic], Jura. BEAUCAIRE née HOFFERT doit actuellement résider à Mulhouse. J'ai réclamé sa fiche signalétique et sa photo à toutes fins utiles, je vous les transmettrai dès que j'en serai en possession.

2°) Est-il exact qu'Aline et son amant nommé MAY ont fait une déposition contre les agents allemands en 1939, au Commissariat de la rue Mesnils [sic] – PARIS ?

Les recherches faites par le Commissariat de la rue Mesnil n'ont pas permis de retrouver cette déposition.

3°) A-t-on retrouvé le nommé MILOUD qui aurait en mars ou avril 1945 ramené Aline en France ?

MILOUD qui s'identifie avec MILOU BEN ABSAL, né le 27.8.1927 à Oujda (Maroc), condamné aux travaux forcés à perpétuité par contumace le 7.11.1946 par la Cour de Justice d'Aix, est toujours en fuite.

4°) Pour quelle raison Aline BOCKERT donnait [-elle] rendez-vous en 1945 à tous les agents S.R.[1] qu'elle avait connus en Allemagne au

---

1. Service de renseignement.

Café des Sports – Porte Maillot (Déposition ROSENBLUM) ? Était-ce pour faire arrêter lesdits agents ou pour les contacter ? Des agents français S.R.A.[1] ont-ils été arrêtés à la suite des entrevues au Café des Sports ?

Je vous transmets en réponse à cette question la déposition ROSENBLUM.

5°) N'y a-t-il pas de nouvelles plaintes contre Aline la Blonde à Mulhouse, Arbois et Sens en raison de rapatriements[2] postérieurs aux premières plaintes ?

Vous trouverez ci-jointes les réponses faites par les Commissariats de Sens et de Mulhouse à ce sujet. Nous attendons toujours une réponse d'Arbois.

6°) A-t-on retrouvé le dossier "Jeanne" du réseau BESEKOV et le rapport établissant qu'Aline BOCKERT était affiliée au S.R.A. avant 1939 ? Est-ce exact qu'elle aurait été arrêtée à Paris en 1939 puis relâchée à l'arrivée des Allemands ?

Aucune de ces pièces n'a été découverte et il est impossible actuellement d'établir avec certitude si l'inculpée a été arrêtée ou non à cette époque, les archives ayant été détruites en partie.

7°) A-t-on arrêté les nommés REDZEK, FISCHER, BRUNDER et tous autres du S.D.[3] de Nice ?

---

1. Service de renseignement allemand.
2. Retours de déportés.
3. *Sicherheitsdienst* (service de sécurité), autrement dit la Gestapo. Selon les sources, le nom du *Hauptsturmführer* (capitaine, dans la SS) Redzek est orthographié également Retzek ou Retzeck.

– dans l'affirmative les interroger sur l'activité d'Aline :

    a) S.R.A.

    b) arrestations d'israélites et tous autres crimes de guerre.

Seul REDZEK est arrêté. Il se trouve actuellement à Neuengamme en zone anglaise. Il conviendrait de demander son extradition pour le faire entendre ?

8°) REDZEK n'aurait-il pas fait des confidences à sa fiancée Dita PARLO, sur l'activité d'Aline ? Interroger cette artiste[1].

Dita PARLO en réalité KRONSTADT [sic] Gerda, déclare n'avoir reçu aucune confidence de REDZEK au sujet de BOCKERT Aline.

9°) Est-il exact qu'en 1937, Aline BOCKERT est venue en France pour suivre un étudiant à Paris ? A-t-on identifié cet étudiant ?

Cet étudiant n'a pu être identifié et aucune vérification n'a pu être faite sur ce point.

10°) De nouveaux renseignements vous sont-ils parvenus sur la découverte d'archives en France et en Allemagne au sujet des activités d'Aline BOCKERT avant 1939-40 ? puis en zone libre ? puis sous l'occupation totale de la France ? Et tous autres renseignements utiles à la manifestation de la vérité ?

Rien de nouveau n'a été découvert dans les archives allemandes.

---

1. Il s'agit de la célèbre actrice de cinéma, arrêtée à la Libération. De son vrai nom Gerda Olga Justine Kornstädt, elle joua notamment dans *L'Atalante* de Jean Vigo et *La Grande Illusion* de Jean Renoir.

CHAPITRE III

LES RELATIONS DE M. HALLER

De nature, je suis observatrice, monsieur le commissaire.

Dans la vie, en général, ça aide ; des fois ça peut même vous la sauver.

Mais en ce temps-là, à l'hôtel Rapp à Stuttgart, j'aurais peut-être mieux fait de me boucher les oreilles et de fermer les yeux.

Après quelques mois passés dans cet emploi de femme de chambre, qui n'était pas plus difficile que tous ceux que j'avais connus les années précédentes à droite et à gauche, juste fatigant – parce qu'il y avait beaucoup de chambres occupées, et que le directeur de l'hôtel faisait régner une discipline stricte, à l'allemande, on ne tolérait pas le moindre grain de poussière –, je me suis rendu compte qu'il se passait dans cet établissement des choses anormales.

L'hôtel, qui se situait à proximité de la *Hauptbahnhof*, la gare principale, accueillait de nombreux voyageurs de passage, et un M. Haller, de nationalité allemande, amenait parfois des clients qu'il faisait enregistrer sous ses propres nom et prénom, Erich Haller. Les réceptionnistes n'y trouvaient rien à redire.

Il avait une trentaine d'années, s'habillait riche, avec des pardessus ou gabardines bien coupés, des vestes croisées des plus élégantes, pourtant sa figure n'allait pas bien avec ses costumes. Cela je ne saurais trop dire pourquoi, mais, à force de travailler dans les hôtels, et en maison bourgeoise également, on voit du monde, on finit par savoir sans se tromper qui est qui, et à quel niveau social la personne appartient. Chez M. Haller tout sonnait un peu faux, cependant il manifestait suffisamment d'autorité pour que nul ne s'avise d'émettre de doutes. À un moment je me suis demandé s'il ne travaillait pas pour la police, pour la Gestapo. Mais des policiers j'ai eu l'occasion d'en fréquenter, que ce soit en France ou en Allemagne, et ce n'est pas tout à fait ça non plus.

Son visage carré possédait des traits assez réguliers – beaucoup de femmes l'auraient trouvé beau garçon –, légèrement empâté de la moitié inférieure, avec un cou large, un nez moyen, des lèvres agréables, sensuelles, des yeux bleus très pâles. Ses cheveux blonds ondulés et lissés en arrière étaient partagés par une raie du côté gauche, et rasés haut sur la nuque et autour des oreilles, qu'il avait petites et collées au crâne. Ses mains, aux doigts courts, étaient toujours gantées, des gants marron, luisants, de belle qualité. Il vous inspectait d'un air froid tandis que ses sourcils haussés lui plissaient le front et que le coin des lèvres remontait un peu, et l'on se demandait alors s'il souriait ou non. Ça lui donnait de toutes les manières une expression ironique qui, au fond, me plaisait sans que je puisse l'expliquer.

Je ne sais pas si M. Haller m'avait remarquée, les premiers mois – je n'étais qu'une employée comme les autres, à part le fait d'être d'origine française. Ça il ne le savait pas forcément, puisque je parle l'allemand comme une vraie Allemande. Enfant, j'avais de la facilité pour les langues. Malheureusement mes parents déménageaient constamment à cause de leurs soucis d'argent et il me fallait changer d'école, et chaque fois je perdais mes amies. Cela me rendait triste mais j'ai fini par avoir l'habitude. Vous voyez, je prends les choses comme elles viennent, bien que ma vie n'ait pas été rose.

Son seul défaut physique était de ne pas être très grand, un mètre soixante-cinq je dirais, donc à peine plus que ma taille à moi ; mais il compensait cela par une attitude décidée, des mouvements secs, nerveux, bref on sentait quelqu'un d'énergique. Les employés de la réception le respectaient et je crois même qu'ils avaient peur de lui. En tout cas ils notaient sans broncher sur le registre de l'hôtel les nom et prénom des voyageurs qu'il leur présentait, en dépit du fait que ce prénom et ce nom étaient toujours Erich Haller.

Ces clients ne restaient jamais longtemps. Et ils reprenaient ensuite, cela je ne m'en suis aperçue que plus tard, leur véritable identité. Lorsque Haller ne pouvait se déplacer, il téléphonait pour réserver une chambre à son nom. Un nouveau voyageur se faisait connaître sous ce nom-là auprès de la réception de l'hôtel Rapp et on lui tendait en souriant la clé de la chambre.

Au mois de juin 1941, Haller accompagna chez nous un Alsacien âgé de quarante-cinq à cinquante ans, parlant plusieurs langues, qui fut inscrit lui aussi comme s'appelant Erich Haller. Cet Alsacien effectuait de nombreux voyages entre Stuttgart, Paris et Marseille. Ce manège m'avait intriguée et j'essayai de savoir quel en était le but. Dès que j'eus l'occasion un matin de faire sa chambre, je fouillai ses bagages. Il y avait une assez forte somme d'argent dans un porte-documents en faux cuir : des billets de banque français, allemands, suisses, italiens et aussi des dollars américains. Naturellement je n'y touchai pas, monsieur le commissaire, je ne suis pas une voleuse – et puis je tenais à garder cette place et mon salaire. J'envoyais une partie de celui-ci à mes parents à Mulhouse pour les frais d'entretien de mon fils.

Dans une des valises je découvris sous les vêtements une liasse de lettres, adressées à un M. Schohn, Ludwig, hôtel Bohy, square Montholon à Paris, ainsi qu'à l'hôtel Splendide, boulevard d'Athènes à Marseille. Presque toutes étaient écrites par des femmes, la plupart en français mais aussi en allemand. Je me souviens de deux cartes postales, l'une de Venise avec une photographie du *Palazzo Ducale*, l'autre d'une île à l'apparence mystérieuse, une fine brume voilant le décor de montagnes à l'arrière-plan ; au verso était imprimé en tout petit *LAGO MAGGIORE Isola Bella Borromeo*, et écrit, d'une écriture penchée et allongée, *Bon voyage, pays merveilleux, baisers, Solange*. Cela n'avait aucun intérêt en soi, mais l'île m'a fait rêver et j'ai souhaité y séjourner plus tard avec un homme, qui ne serait pas obligatoirement mon mari. Je pensais de moins en moins à Roger à cette époque.

La plus petite des valises contenait un passeport français au nom de Meynard, Gilbert, né à Forbach en 1894, et revêtu d'une photo qui ressemblait à l'Alsacien de la chambre, en plus jeune. Les pages portaient de nombreux tampons de divers consulats ou postes-frontières : allemands, autrichiens, italiens, marocains et je ne sais plus quoi d'autre. Un tampon, celui de la gare de Modane, m'a fait rêver à son tour parce que j'aimais bien la manière dont chantait ce nom : *Modane*. Il y avait, enfin, une carte géographique du Danube, découpée en deux parties horizontales parce que ce fleuve est très long : *Die Donau, von Grein bis Stein und Krems*, et *Die Donau, von Krems bis Wien*. La localité de Hollenburg, en dessous et à droite de Krems, était entourée d'un cercle tracé au crayon rouge. Cette carte du Danube m'a frappée parce que le stalag où était prisonnier mon mari se trouvait à une vingtaine de kilomètres de Vienne, à Kaisersteinbruck. Mais l'emplacement se situait à l'extérieur de la carte.

Personne ne venait me déranger, cependant le temps passait. J'ai tout remis dans la valise, sous les vêtements, et je me suis dépêchée de finir la chambre, que j'ai laissée propre et nette, le lit irréprochable, les bagages refermés et rangés, les tapis aspirés à fond, les serviettes neuves, et nul n'aurait pu croire que quelqu'un avait fouillé. On ne m'a fait aucune remarque. À vrai dire, même si je n'ai jamais rien volé, je suis curieuse, en plus d'avoir une bonne mémoire, et il m'est arrivé dans les établissements où l'on m'employait, et aussi chez mes patrons en maison bourgeoise, de satisfaire cette curiosité en parcourant les lettres ou en essayant une robe si elle me plaisait et qu'elle paraissait à ma taille. Et je sais remettre tout bien à sa place… Cela n'a rien d'extraordinaire, du reste, pratiquement toutes les femmes de chambre que j'ai côtoyées essayaient ni vu ni connu devant le miroir les robes et parfois la lingerie des clientes.

Je n'ai plus entendu parler de l'Alsacien après son départ de l'hôtel Rapp. Quelques mois plus tard, au début novembre, Haller conduisit à l'hôtel un client qu'il présenta, comme d'habitude, sous le nom de Haller Erich. Deux ou trois jours après, tandis qu'il était toujours en ville, je me rendis compte en consultant le registre de la réception que ce monsieur était désormais inscrit sous sa véritable identité – ou en tout cas une différente de celle de Haller –, il s'appelait « Brancaleoni, Pascal », de nationalité française.

Comme j'étais la seule employée de l'hôtel à parler sa langue, et que Brancaleoni ne comprenait pas du tout l'allemand, il eut très souvent besoin de mes services, et en peu de jours nous étions devenus des « camarades ». C'était un homme plutôt petit et rond, toujours vêtu d'un épais pardessus de flanelle gris foncé, avec une martingale. J'ai essayé de savoir quels étaient les motifs de voyage à Stuttgart de ce Français. Il m'avait dit qu'il travaillait naguère comme contrôleur des Douanes, mais qu'on l'avait révoqué – j'ignore pour quelle raison ; il préférait rester discret sur ce sujet. Le personnage m'intriguait, je lui ai demandé un soir pourquoi, à son arrivée, il avait commencé par se présenter et s'inscrire sous un autre nom que le sien propre.

Il a paru extrêmement embarrassé. Au bout de quelques instants de réflexion, Brancaleoni a écrasé sa cigarette dans le cendrier (nous étions assis ensemble dans un bar à proximité de l'hôtel, en dehors de mes horaires de travail) puis il a déclaré : « *Ils* ont des raisons pour cela… »

CHAPITRE IV

UNE RÉPONSE

RÉPUBLIQUE FRANÇAISE
Ministère de l'Intérieur
Direction Générale de la Sûreté Nationale

Commissariat de Police, SENS (Yonne)
Sens le 4 Juin 1947
 R A P P O R T
 L'inspecteur PASCAUD Jacques
 à Monsieur le Commissaire ;
 Objet : demandes de renseignements ;
 Aff. C.../ BOCKERT Aline,

Pour faire suite à la demande de renseignements ci-jointe, émanant de Monsieur DURANTON inspecteur O.P.J. à la Direction de la Surveillance du Territoire, et concernant l'activité ou les plaintes relevées contre la Nommée BOCKERT Aline, née le 5 février 1916 à Lucerne (Suisse) j'ai l'honneur de porter à votre connaissance ce qui suit :

BOCKERT Aline semble complètement inconnue de nos services ;

Aucune plainte n'a été relevée jusqu'à ce jour contre cette dernière. Cependant il serait

souhaitable que Monsieur l'Inspecteur DURANTON
s'il possède des renseignements complémentaires
sur elle, nous les fournisse, afin de connaître
approximativement soit les personnes avec qui
cette femme se serait trouvée en rapport à Sens[1],
soit les organisations ou les groupements auxquels
elle pouvait appartenir, ceci dans le but de guider
nos recherches.

L'inspecteur
[signé :] *J Pascaud*

Vu et transmis à Monsieur l'Inspecteur
O.P.J. DURANTON
Direction de la Surveillance du Territoire
3ᵉ Section
13 rue des Saussaies
Paris (8ᵉ)
Le Commissaire de Police
[signature illisible]

---

1. Il semble, au vu du dossier complet, que les enquêteurs de la DST de Paris aient confondu Sens et Senlis.

CHAPITRE V

MARIAGE AVEC LE MORT

Ma grand-mère, à Wittelsheim, disait : « Aline, tu as les oreilles qui traînent. Va falloir te les couper. »

C'est vrai que, y compris toute petite, monsieur le commissaire, j'ai toujours écouté ce que racontaient les gens autour de moi, et parfois aux portes (je regardais aussi par le trou de la serrure).

Deux Allemandes étaient installées au bar, ce soir-là, dans le quartier de l'hôtel Rapp à Stuttgart. J'entendais leur conversation pendant que je réfléchissais à la réponse que venait de me faire mon « camarade » Brancaleoni. Elles parlaient de quelque chose qui s'appelait le *Kriegstrauung*. Je ne connaissais pas, mais bien sûr j'en comprenais le sens : « épousailles de guerre ». Cela signifiait en réalité que les femmes allemandes auraient la possibilité désormais de se marier à titre posthume si leur fiancé mourait au front. On avait déjà le droit, depuis le début de la guerre, de se marier à distance quand le soldat ne bénéficiait pas d'une permission. Maintenant on pouvait l'épouser mort.

La guerre en Russie semblait devoir durer plus longtemps que prévu. Cela m'était un peu égal, mon mari à moi n'avait pas été tué ni blessé en 40, juste capturé. Je recevais assez régulièrement des lettres de Roger depuis son stalag. Il avait bon moral s'il y avait de quoi manger mais ce n'était pas souvent. Les prisonniers, m'écrivait-il pour rire, étaient au « régime jockey ». Sa famille lui envoyait de temps à autre un colis de Villeneuve-sur-Yonne. Moi, je lui ai expliqué que je ne pouvais pas, mon salaire partait pour Paul, chez mes parents à Mulhouse.

Brancaleoni me regardait. Il était brun, avec une tête arrondie, le menton gras et mal rasé, le nez crochu, le haut du crâne qui se dégarnissait prématurément, de gros yeux noisette ronds eux aussi et une expression effrayée, coupable, en même temps que vaguement ahurie. Il regrettait déjà ce qu'il m'avait confié. « Ils » ont des raisons pour cela… Je ne suis pas idiote ; sa réponse était bizarre et ne pouvait vouloir dire qu'une chose : cet ex-contrôleur des Douanes avait été placé là par les Allemands. Comme certainement l'avaient été, avant lui, l'Alsacien et tous ces clients qui s'enregistraient sous le nom de Erich Haller. J'ai décidé alors d'en apprendre plus, et de le surveiller autant que je le pourrais.

Les jours suivants, je me rendis compte qu'il téléphonait fréquemment à un certain Herzog que j'avais déjà vu en sa compagnie à l'hôtel Rapp. Les connaissances de ce dernier le surnommaient « Jules » en français (mais il n'avait pas du tout une tête à s'appeler Jules). Par ailleurs Herzog semblait intime avec le propriétaire de l'établissement. Je me suis informée auprès d'autres employées, de nationalité allemande et plus anciennes que moi en service. Mes camarades me répondirent que ce Herzog était connu comme étant le chef de l'office d'espionnage établi à Stuttgart.

Je n'avais plus de doutes sur l'activité de Brancaleoni, monsieur le commissaire : il avait été invité dans cette ville pour prendre des instructions afin de travailler pour le compte du service boche de renseignement.

Tout cela se confirma lorsque je surpris une conversation téléphonique où Brancaleoni demandait, en français, de l'argent à son chef « Jules ». Peu de jours après, il quitta l'hôtel. Il avait prévu, me dit-il, de faire un voyage à Marseille. La veille de son départ il commanda une bouteille de champagne pour nous deux, au cabaret Novy. Quand la bouteille fut vide il en fit venir une nouvelle. C'était la première fois que je le voyais claquer autant d'argent, comme si les billets de cent marks lui brûlaient les doigts. Je lui en fis la réflexion, et Brancaleoni répondit : « La vie ne tient qu'à un fil, tu comprends, alors autant que j'en profite… »

Il revint dans la première semaine de décembre. C'était mon jour de congé mais je le vis passer par hasard dans la rue. La neige tombait à gros flocons. Brancaleoni n'avait pas sa valise, il avait déjà dû la déposer à l'hôtel. J'eus l'idée de le suivre plutôt que d'aller directement vers lui le saluer. C'était légèrement excitant, prendre un homme en filature, je marchais dans la neige, lui ne s'apercevait de rien et progressait, les mains dans les poches ; je distinguais la martingale de son manteau de flanelle grise, et Brancaleoni courbait la tête, sous son chapeau gris en alpaga dont je me souvenais bien et qui se couvrait maintenant de taches blanches.

Je me faisais l'effet d'une espionne, moi aussi. J'étais l'héroïne d'un de ces films que je voyais les samedis dans les cinémas de Paris ou de Mulhouse avec Roger. On me disait souvent que je ressemblais à Mireille Balin, que j'avais comme elle un côté « femme fatale ». Le ciel, lourd de neige au-dessus de nous, était bouché et l'on entendait gronder des avions. En Allemagne, des avions rapides sillonnaient constamment le ciel. Il faisait très froid cet après-midi de décembre, la neige tenait au sol, les véhicules roulaient lentement et des silhouettes indistinctes se profilaient derrière les vitres embuées des tramways. Brancaleoni a traversé la Kühnstrasse, courbé sous les rafales qui piquaient les joues, une main sur son chapeau pour l'empêcher de s'envoler. Il a rejoint la longue avenue qui part du fleuve et qui s'appelle la Neckarstrasse, où je l'ai vu pénétrer dans un immeuble de bureaux. Je connaissais ce bâtiment : une employée de l'hôtel Rapp me l'avait désigné comme abritant l'un des départements de l'office spécial d'espionnage de M. Herzog.

Il était inutile d'attendre dehors, et je ne souhaitais pas que le Français sache que je l'avais suivi. Dans la tourmente blanche, je retournai à l'hôtel. On m'y avait attribué une chambre minuscule dans les communs, derrière l'annexe. Le réceptionniste me confirma que M. Brancaleoni était revenu chez nous.

Le lendemain – c'était le 14 décembre 1941, je n'oublierai pas cette date –, ce client m'invita, après mon service, à passer la soirée avec lui au Novy. Histoire de fêter dignement son retour chez M. Hitler, fit-il avec un petit rire. Comme précédemment, il commença par exiger une bouteille de champagne. Et l'argent continuait de lui brûler les doigts, sorti de son portefeuille gonflé de billets. Brancaleoni s'était affranchi de son expression angoissée de l'autre soir et avait gagné en assurance. Le voyage à Marseille devait avoir été une réussite. Je lui demandai si son ami *Herr* Herzog était satisfait. Il sourit et m'examina par en dessous en plissant les yeux, suggérant que j'étais une fine mouche, au lieu de la bonniche alsacienne peu dégourdie que je lui avais paru au premier abord. « J'ai vécu à Paris, tu sais, Pascal, répliquai-je, on ne me la fait pas à moi... » Sur la scène du Novy une rousse en robe de lamé, avec une collerette de plumes d'autruche, chantait d'une voix grave *Kann denn Liebe Sünde sein ?*[1], le fameux succès de Zarah Leander. Elle roulait les *r* comme elle. La chanteuse se tut et la salle éclata en applaudissements. Nous avions presque achevé la première bouteille, en bons camarades, quand Brancaleoni s'écria : « Tiens, Tonton et Louis ! » Je suivis la direction de son regard, vers l'entrée du cabaret.

C'étaient deux de ses amis français, qu'il me présenta. Robert Mallet dit « Tonton », et Louis Cat. Celui-ci semblait le plus jeune : environ vingt-cinq ans, mince et découplé, les cheveux châtain clair rejetés en arrière, il portait une veste de daim sous un imperméable bleu marine à épaulettes. Je le priai de répéter son nom comme si j'avais mal entendu. « Pas Louis quatre, a-t-il souri en me dévisageant ; juste Louis Cat, *c*, *a*, *t*. Que voulez-vous, mademoiselle, je ne suis pas roi, mais pilote d'avion. »

Ce jeune homme me plut instantanément.

1. « L'amour peut-il donc être un péché ? »

CHAPITRE VI

BLONDE OU BRUNE

<u>*DÉCLASSIFIÉ*</u>

COMMISSARIAT À L'INTÉRIEUR
DIRECTION GÉNÉRALE DE LA SÛRETÉ NATIONALE
SURVEILLANCE DU TERRITOIRE
Région de Strasbourg

Strasbourg 21 AOÛT 1945
n° 4206 SN/STS
  L'inspecteur O.P.J. CHAUMONT Féréol
  à Monsieur le Commissaire Principal
  Chef de la B.S.T.[1]
  STRASBOURG

  J'ai l'honneur de vous rendre compte de renseignements que j'ai recueillis à MULHOUSE, concernant la nommée <u>BOCKERT</u> Aline (ou BOCKAERT ou encore BOCKEERT), née le 5.2.1916 à Lucerne (Suisse) de feu Joseph et de BIRSER Catherine, agent S.R.A., objet de mon rapport n° 7532 du 17.3.1945 et des fiches S 45/2491 – 2492 – 2493.

---

1. Brigade de surveillance du territoire.

L'intéressée aurait été aperçue début juin 1945, à Paris, dans le métro, par M. MAZINI, demeurant à PARIS, rue Pascal Levée [sic] (11ᵉ) n° inconnu.

M. MAZINI, après avoir exploité le "Café des Fleurs" à Mulhouse, a tenu à Paris le restaurant "La Côte d'Azur" 45 rue d'Angoulême. Il serait actuellement en Italie, mais doit rejoindre Paris prochainement.

La nommée BOCKERT, blonde à Mulhouse, sous l'occupation, serait actuellement brune.

L'Inspecteur O.P.J.

DESTINATAIRES :
– *D.S.T. Paris* *(2)*
– *B/ Do. 03* *(1)*
– *Archives SP3* *(1)*

CHAPITRE VII

L'AMOUR PEUT-IL ÊTRE UN PÉCHÉ ?

Malgré ce que vous seriez en droit de croire, monsieur le commissaire, j'ai toujours été une femme honnête.

Je n'avais pas connu l'amour physique depuis avril 1940 (la dernière permission de Roger, chez nous à Mulhouse, 3, rue des Chantiers). À la fin de 1941, il m'écrivait de moins en moins souvent, depuis son *Kriegsgefangenenlager* autrichien, et des banalités comme : « Chère petite femme, je viens te donner de mes nouvelles qui sont très bonnes et espère qu'il en sera de même pour toi ainsi que toute la famille en Alsace. Je te remercie de tes quelques mots, mais j'en voudrais davantage. Nous avons maintenant un journal bimensuel qui s'appelle "L'Équipe", il y a plein d'informations et d'articles, et même des dessins humoristiques, ça fait passer le temps. J'espère qu'aux fêtes de Noël on distribuera de la bière comme l'an dernier, ça nous changera un peu de l'eau. Je t'embrasse de tout mon cœur, signé : Roger Beaucaire. »

Le règlement accordait aux familles deux cartes de sept lignes et deux lettres de vingt-six lignes, par mois. Mais à quoi bon répondre à Roger ? Un libéré des stalags m'avait raconté, de passage à Stuttgart sur le chemin du retour, qu'au tout début, au camp de Trèves, nos troufions, n'ayant plus rien pour se torcher, avaient dû sacrifier leurs papiers les plus chers et jusqu'aux lettres de leurs épouses ou fiancées. Depuis, je me demandais si telle ne serait pas la destination dernière de mes messages et cela diminuait encore mon faible désir de donner de mes nouvelles, du reste sans intérêt. Et naturellement je n'allais pas lui parler de Brancaleoni, du champagne au cabaret, des manigances de M. Herzog ou de M. Haller !… De toute façon je ne savais pas quand je reverrais mon mari, ni même si cela se produirait un jour. C'était le deuxième hiver de sa captivité et notre situation semblait vouloir durer encore longtemps, sous ce ciel plombé et la glace et la neige qui recouvraient tout. Les étendards à croix gammée jalonnaient les rues et les avenues, le long des bâtiments modernes, cela jetait de grands rectangles rouge sang et noir sur toute cette blancheur. Les escadrilles invisibles continuaient de bourdonner là-haut au-dessus de nous. Les journaux annonçaient que l'Allemagne avait déclaré la guerre à l'Amérique. Comme si d'avoir déclenché en juin la guerre contre la Russie ne suffisait pas ! Les Allemands voyaient la perspective de la victoire s'éloigner, et toutes ces mères dont je croisais les faces livides, je le savais, tremblaient pour leurs fils. Le thermomètre chutait, ce nouvel hiver aussi serait terrible. Mes genoux et mon dos me faisaient souffrir. J'ignorais combien de temps je demeurerais à Stuttgart à nettoyer les chambres des clients de l'hôtel Rapp. Et je ne savais pas non plus si j'allais rester toute ma vie une femme de ménage. Une chose seule était sûre, c'est que j'avais besoin de distractions.

Les semaines qui suivirent notre rencontre au cabaret Novy, j'aperçus fréquemment les deux Français en compagnie de Brancaleoni. Ils s'entretenaient tous trois ensemble et sortaient toujours à trois. J'en avais déduit que Mallet et Cat étaient là dans le même but que lui, c'est-à-dire pour travailler au profit du service allemand de renseignement. Surtout, j'avais vu Herzog entrer à l'hôtel à plusieurs reprises, afin de discuter avec Brancaleoni, Mallet et Cat séparément. Je n'osais pas écouter aux portes dans ces circonstances, d'autant que Herzog tout particulièrement me faisait peur avec son crâne lisse, ses lunettes rondes à monture noire, ses yeux gris acier. Et je n'osais pas non plus interroger mes compagnons à ce propos. Toutefois je les accompagnais souvent le soir dans les bars ou les cabarets et buvais avec eux du champagne et des cocktails. Contrairement aux deux autres, avec qui je m'entendais bien, je n'aimais pas beaucoup Mallet. Il avait un menton fuyant, une peau boutonneuse, des yeux tristes et dissimulateurs. On aurait dit un petit pion de lycée, vieilli sur place à force de se faire chahuter par les élèves et qui se vengeait en leur distribuant des heures de colle. En fait, natif de Levallois-Perret, il était jadis tourneur sur métaux et travaillait en usine avant de venir en Allemagne. Je ne voyais pas trop pourquoi ses camarades le surnommaient « Tonton », car il ne semblait guère plus âgé que Brancaleoni. Ce devait être une plaisanterie entre eux mais je n'ai jamais posé la question. Cela m'était égal, d'ailleurs. Je regardais Louis Cat.

Il avait été sergent pilote, en France. Sa famille venait du Jura. Il avait le style soigné, un nez très droit, des traits fins et réguliers, des cheveux ondulés coiffés en arrière au-dessus des tempes et de la nuque rasées de près. J'étais son aînée de quatre ans. Je trouvais qu'il ressemblait à ces illustrations de boy-scouts que j'avais vues jadis, ou à ces affiches allemandes de jeunes Waffen-SS partant à la guerre contre les bolcheviques à l'Est, sur un ciel de flammes. Il paraissait sûr de lui mais me parlait toujours avec douceur. Assez rapidement je suis tombée amoureuse de Louis Cat. Je ne lui étais pas indifférente, j'ai répondu à ses avances et après quelques jours je suis devenue son amie.

Mallet habitait à l'hôtel Ketterer, sur la Marienstrasse, et Cat à l'hôtel Pelikan, sur l'Alleestrasse. Je ne le voyais pas dans le courant de la journée, car il était occupé à suivre des cours de radio dans un immeuble neuf du Weissenhof (sous la direction de Herzog et d'un certain Fahrenkampf). Nous nous rejoignions le soir dans sa chambre de l'hôtel Pelikan. Il y était connu sous le nom de Erich Haller, et Mallet à l'hôtel Ketterer s'était fait enregistrer lui aussi sous ce nom. Je finissais par me demander combien de Erich Haller peuplaient les établissements hôteliers de Stuttgart... Les méthodes de l'office spécial d'espionnage que dirigeait M. Herzog dans cette ville me paraissaient manquer de subtilité.

Le dimanche je ne travaillais pas et Cat non plus, n'étant pas obligé de se rendre à ses cours au Weissenhof. Nous faisions la grasse matinée et je téléphonais pour qu'on nous monte le petit déjeuner dans la chambre. Une jeune Allemande effectuait cette tâche qui était la mienne à l'hôtel Rapp tous les autres jours ; elle venait toquer à notre porte, en petite robe de serge grise, tablier, bas noirs, poussait à l'intérieur de la pièce son chariot à roulettes, puis se penchait pour déposer précautionneusement la paire de plateaux sur nos genoux, à travers l'épaisse couette nette et blanche ; et moi, en chemise de nuit, je jouais à la bourgeoise aux mœurs provocantes, exposant plus de chair que les convenances ne le permettaient. Dans mon métier, j'avais vu souvent ce genre de scène – il était arrivé même que des couples me proposent de participer à leurs ébats, et il me fallait accepter sous peine d'être renvoyée car ils auraient inventé un prétexte pour se plaindre, et c'est eux qu'on aurait crus car le client est toujours roi. Mon attitude, quoi qu'il en soit, amusait Cat, nos dimanches matin à l'hôtel Pelikan se révélaient si agréables que j'avais envie de tout envoyer promener – mon emploi au Rapp, le pauvre salaire dont j'expédiais une moitié à Mulhouse, la correspondance et mes relations qui allaient s'affaiblissant avec Roger, enfin, tout. Je pourrais rester tard au lit la semaine entière. Et mon amant subviendrait à mes besoins. Son portefeuille paraissait presque aussi garni de marks que celui de Brancaleoni.

J'avais dit la vérité à Cat, que j'étais mariée à un prisonnier. Je préférais que dès le début les choses fussent claires entre nous. Il n'y attachait pas trop d'importance : c'était un insouciant, monsieur le commissaire, il me faisait penser au marin de la chanson d'Édith Piaf, « Escale ». *Il me prit la main sans un mot, il m'entraîna hors du bistrot, tout simplement d'un geste tendre...* À part qu'il n'était pas matelot mais sergent aviateur, et puis aussi, j'en étais sûre à présent, espion. Cependant je ne le questionnais pas à ce sujet. Je craignais trop qu'il se méfie et me flanque à la porte…

D'après lui, son séjour à Stuttgart devait durer environ deux mois. Ensuite Herzog l'enverrait « travailler » en Algérie. Je ne connaissais pas le vrai Sud : je n'avais jamais été plus bas que la Côte d'Azur, naguère, très jeune, lors d'un de mes premiers emplois de femme de chambre… J'aurais aimé que Cat soit envoyé en Italie, dans la région des lacs au pied des montagnes, et je le suivrais jusque dans l'île de la carte postale adressée à l'Alsacien, sur le lac Majeur. L'*Isola Bella Borromeo*. Par la fenêtre je regardais le décor de l'Alleestrasse ; le temps avait subi un redoux et il pleuvait sans arrêt, le garage d'en face se reflétait dans les mares sombres. Puis des garçons de la Jeunesse hitlérienne défilaient en chantant le *Horst Wessel Lied*, un fanion noir dressé en tête de leur colonne bruyante, et les pieds chaussés de gros brodequins martelaient l'eau boueuse en projetant des éclaboussures. Je rêvais d'un pays merveilleux qui n'était sûrement pas l'Allemagne. Je voulais y aller avec Cat. Je me suis retournée, pour demander : « Tu m'emmènerais, avec toi, là-bas ? À Alger ? » Il fumait, torse nu, sur le lit. Je l'ai vu hausser les épaules.

« Oui, pourquoi pas ? »

Nous n'avons rien dit aux autres, le soir, au cabaret *Die Boheme*, où la petite bande se rendait désormais plus souvent qu'au Novy. Brancaleoni à son habitude réclamait de nouvelles bouteilles, Mallet m'examinait à la dérobée de ses yeux fureteurs et tristes, Cat parlait aéronautique. Depuis que je le fréquentais, je n'ignorais plus rien des avions Morane-Saulnier, Amiot, Bréguet ou Dewoitine. Il me causait avec enthousiasme en privé des « routes de l'air » : on aurait bientôt des cartes aériennes où elles figureraient, comme il existait déjà des cartes marines. Ces cartes d'un type nouveau pourraient indiquer, pour un point donné, les « caractéristiques aérologiques permanentes, fréquentes ou simplement possibles », en ce point ; ce serait utile même après la guerre, pour la sécurité du transport civil. Ne me demandez pas de vous en dire davantage car en réalité je n'y comprenais rien. Brancaleoni et Mallet guère plus, d'ailleurs, et lorsque Cat abordait la question ceux-là se payaient sa tête en vidant leurs coupes de champagne. Moi je buvais en silence et songeais à mettre de l'argent de côté pour l'Algérie. Tant pis pour les mandats de Mulhouse, on verrait plus tard. Mes parents se débrouilleraient, après tout ils n'étaient pas si mal payés comme concierges, de plus je suis certaine qu'ils se livraient à de petits trafics. Quant à Roger, eh bien, monsieur le commissaire, je ne serais malheureusement pas la première épouse française à avoir abandonné un homme au stalag.

CHAPITRE VIII

MAX ET ALINE

DÉCLASSIFIÉ

RÉPUBLIQUE FRANÇAISE

MINISTÈRE DE L'INTÉRIEUR
DIRECTION GÉNÉRALE
DE LA POLICE [barré] *SÛRETÉ NATIONALE*
SURVEILLANCE DU TERRITOIRE
N° 1662 SN/ST.3

Strasbourg le 17 mars 1945

RAPPORT
L'inspecteur O.P.J. CHAUMONT Féréol
à Monsieur le COMMISSAIRE SPÉCIAL
Chef du C.S.T. STRASBOURG

OBJET : *Espionnage.*
AFFAIRE : *BOCKERT Aline (en fuite).*
RÉFÉRENCE : *P.V. 151, du 30/1/1945, du Service,*
FRANÇOIS Paul, et autres (détenus pour trahi-
son), transmis à M. le GÉNÉRAL Commandant la
6ᵉ Région Militaire à STRASBOURG.

46

PIÈCES JOINTES : Deux photographies de BOCKERT
Aline.

J'ai l'honneur de vous rendre compte des ren-
seignements que j'ai recueillis à MULHOUSE (Haut-
Rhin) où a résidé entre 1939 et 1942 la nommée
BOCKERT Aline, qui, en octobre, novembre et
décembre 1944, suivait les cours de sabotage à
BADENWEILER (Allemagne), avec le nommé FRANÇOIS
Paul, détenu – et autres – objet de notre P.V. cité
en référence.

Aline BOCKERT – ou BOEKERT ou encore
BOKEERT – est née le 5 février 1916 à Lucerne
(Suisse), de feu Joseph et de BIRSER Catherine.

Elle est arrivée à MULHOUSE (Haut-Rhin), au
moment de la mobilisation de 1939, en compagnie de son ami, MAX [sic[1]] Pierre, Lieutenant de
Réserve, rappelé au 1er Régiment de Chasseurs à
MULHOUSE.

MAX Pierre, qui aurait environ 47 ans maintenant, travaillait dans une entreprise de peinture,
Sté. BITUMASTIC, 39, r. du Colisée à PARIS. – Il a
été fait prisonnier en 1940 et serait encore en
ALLEMAGNE. Son père devait être avocat à la COUR
de PARIS.

MAX avait un cousin par alliance, nommé PIAT,
marchand de bestiaux à LAVAL (Mayenne), qui était
rappelé également comme officier au 1er Chasseurs
et qui fréquentait aussi Aline BOCKERT.

BOCKERT Aline recevait de la correspondance
de SUISSE, où ses parents habitaient ainsi que son

---

1. Nommé Marx dans les autres documents.

frère. Son père est mort en SUISSE *pendant qu'elle séjournait à* MULHOUSE.

MAX *et* ALINE *habitaient à* MULHOUSE *chez Mme* LECORNU, *20 bis, rue de la Wanne, jusqu'à l'exode de 1940. Mme* LECORNU *a tout ignoré de la personnalité d'*ALINE, *qui ne recevait aucune visite chez elle, en dehors de son ami* MAX. *– Aline disait à cette dame n'avoir aucune affection pour* MAX *et qu'elle ne vivait avec lui que parce qu'il subvenait à ses besoins.*

Elle fréquentait surtout le café "La Renaissance", place de Strasbourg à MULHOUSE, *exploité alors par M.* MARTIN *(actuellement cafetier à* COLMAR*), qui la connaissait fort bien et semblait la protéger.*

À "La Renaissance" elle recherchait la compagnie d'officiers français et anglais, dans un but maintenant évident d'espionnage.

Elle connaissait fort bien un nommé CABOURG *André, né le 21/12/1910 à Metz et ayant demeuré hôtel Feydeau, 12, r. Feydeau à* PARIS *; ainsi qu'à* MULHOUSE. *– Le nommé* CABOURG, *franciste[1], aurait travaillé pour la police allemande et aurait été chef de la* MILICE *des 1er et 2e arrondissements de* PARIS. *Il serait encore actuellement dans la Capitale.*

En outre Aline fréquentait une Autrichienne – ou Hongroise – connue à MULHOUSE *sous le nom de* EVA, *qui, comme elle, recherchait la société d'officiers français et anglais.*

EVA, *vraisemblablement était une espionne. À la suite de circonstances indéterminées elle fut trouvée morte à* MULHOUSE *en janvier 1940. Cette mort*

---

1. Francisme : organisation ultranationaliste et fasciste fondée en 1933 par Marcel Bucard.

fut attribuée à un suicide au gardénal. L'hôtelier MARTIN – précité – liquida ses affaires.

ALINE fréquentait aussi à MULHOUSE une femme DEVAUCOUX Geneviève, franciste (en fuite).

Après l'exode de 1940 Aline BOCKERT se rendit à STUTTGART où elle séjournait à l'hôtel "Pelikan", situé Alleestrasse. À la fin 1941 ou au début 1942 elle revint à MULHOUSE, elle prit domicile à "La Renaissance" et devint employée, comme interprète, à la KREISLEITUNG[1] de cette ville. Elle y resta jusqu'en février 1942 et cette année-là, le 21 février, elle se fit naturaliser allemande. – C'est alors qu'elle partit à ARBOIS (Jura) puis à la Propaganda-Staffel de SENLIS, avant d'appartenir à la [sic] "S.D." de NICE.

ALINE était très connue au journal "POUR ELLE", à PARIS, rue Pierre-Charron. La secrétaire de ce Journal hebdomadaire était une dame ARNAULT, dite "BLANC-BLANC" ; maîtresse d'un officier supérieur de la GESTAPO. Elle aurait été mariée en 1942/1943 au coureur cycliste bien connu LEDUCQ, dont elle serait divorcée depuis. – En 1943 cette femme aurait voulu ouvrir une librairie, rue Réaumur. Elle est venue une fois à MULHOUSE pendant l'occupation et était descendue chez le nommé CABOURG, cité plus haut.

ALINE était aussi très connue du Directeur de la Société Parisienne d'Éditions et du Directeur du Journal "POUR ELLE". Ces personnes connaissaient aussi CABOURG.

Dans notre enquête au sujet des 9 individus parachutés à GUITRY (EURE), le chef de bande

---

1. Direction du Parti nazi de l'arrondissement.

FRANÇOIS Paul, et ses complices[1], ont dit avoir très bien connu _Aline BOCKERT_ ; elle suivait en même temps qu'eux les cours de sabotage professés à BADENWEILER (Allemagne), et était destinée au Kommando d'Italie, que devait commander l'Allemand _NEISSER Werner_. – Ce dernier aurait été tué en décembre dernier, lors d'un bombardement de MILAN et il est possible que _ALINE_ ait été affectée à un autre kommando.

Quoi qu'il en soit il apparaît certain que cette femme reviendra – si ce n'est déjà fait – opérer en FRANCE et il y a lieu de la considérer comme extrêmement dangereuse.

Les derniers renseignements recueillis établissent que _BOCKERT Aline_ était, courant décembre 1944, au Mont GAMMSCHTEIN [sic], près de SCHWARZAC [sic] (TYROL), à l'école de ski, où s'entraînaient les membres destinés au Kommando d'ITALIE. Elle y était au moment où _FRANÇOIS Paul_ – cité plus haut – s'y trouvait également.

Je joins au présent deux photographies qui peuvent dater de 3 ou 4 ans, de BOCKERT Aline ; photographies que j'ai pu découvrir à MULHOUSE.

L'Inspecteur O.P.J. :
[signé :] Féréol Chaumont

---

1. Il s'agit de membres de partis collaborationnistes, de la LVF ou de la Milice, qui furent parachutés en France libérée afin d'y créer des maquis de contre-résistance, et opérer des sabotages. Plusieurs actions de ce genre furent tentées, mais tous les agents au service de l'Allemagne ont été arrêtés assez rapidement.

CHAPITRE IX

DIE BOHEME

Ma vie n'a pas été rose, monsieur le commissaire, mais j'aime rêver.

Nous avions prévu de partir au printemps.

Le désir de fuir Stuttgart devenait de plus en plus violent chez moi, tout en me procurant un certain bien-être, car je savais maintenant que c'était possible.

C'est alors que se produisit, par ma faute, un incident grave qui brusqua les choses.

Nous étions au mois de janvier. Comme je me retenais d'interroger Cat sur ses activités, mais voulais tout de même en savoir plus, j'avais décidé de m'informer par l'intermédiaire de Brancaleoni. Pas en le questionnant directement, cela aussi pouvait devenir dangereux, mais en fouillant sa chambre de la même manière que j'avais opéré dans le cas de l'Alsacien. Généralement je n'étais pas affectée à son étage, le troisième, mais un matin je bâclai mon travail et, ayant fini plus tôt mes propres chambres, proposai à ma collègue qui devait faire celle de Brancaleoni de la remplacer. J'ouvris la porte avec mon passe, la refermai derrière moi avant de mettre en marche l'aspirateur, le laissant tourner tout seul pendant que j'inspectais rapidement les valises l'une après l'autre.

Sous les vêtements, je trouvai – outre un plan de Marseille, des billets de banque français, allemands et

51

italiens, des lettres de femmes, un lot de cartes postales vierges de la Côte d'Azur, une carte de visite d'une entraîneuse du cabaret Le Shanghai, rue Victor-Massé à Paris, une revue illustrée et des photos pornographiques – une enveloppe beige portant un cachet allemand, l'aigle nazi sur la croix gammée. J'ouvris l'enveloppe, qui n'était pas scellée. Elle contenait un document officiel, plié en deux et tapé à la machine. Je le dépliai. Daté de novembre 1941, il était rédigé en langue allemande et portait l'en-tête du chef de la police de sûreté et du SD, 8 Prinz-Albrecht-strasse, à Berlin.

Je lus, à quelques mots près :

« Le possesseur de cette attestation, le chargé spécial français Pascal Brancaleoni, né le (une date d'octobre 1908, je crois), appartient au commando "SS-*Obersturmführer*[1] Herzog". Brancaleoni exécute pour l'unité (j'ai oublié son numéro mais il était assez long) des missions spéciales qui doivent rester tout à fait secrètes.

« Tous les services sont priés de fournir aide et assistance de quelque sorte que ce soit au sus-nommé ainsi qu'aux personnes qui l'accompagnent.

« Par ordre. Signé : Herzog,

« SS-*Obersturmführer*. »

Je trouvai également un revolver. Ou plus précisément un pistolet automatique, d'assez fort calibre à en juger par le diamètre du canon, et portant gravée sur le bord de la culasse l'inscription : WAFFEN-FABRIK PRAG, ce qui me fit penser qu'il s'agissait d'une arme tchèque.

En me dépêchant, je remis tout en place et terminai de passer l'aspirateur. La porte s'ouvrit. Brancaleoni, essoufflé, me fixait de ses yeux ronds. Il fit : « Tiens ! Aline... »

---

1. Lieutenant (dans la SS).

Je devais avoir l'air absolument terrifiée car il fronça les sourcils.

« Ça ne va pas ? Je t'ai fait peur ? »

J'ai bafouillé que oui. Que je pensais à autre chose et que son entrée m'avait fait sursauter.

« Tu pensais à Louis, évidemment… »

Lui et Mallet étaient bien sûr au courant de ma relation avec leur camarade. Brancaleoni souriait, mais ses yeux ne souriaient pas. Je m'affairais à travers la pièce, consciente du regard suspicieux qui pesait sur ma nuque et mes épaules. Je m'écartai, puis j'entendis, depuis la salle de bains dont la porte demeurait ouverte, que le Français ouvrait une valise. Et ensuite l'autre.

« Ce n'est pas toi qui fais ma chambre, d'habitude…

– Liesel est débordée, je lui donnais un coup de main…

– Ah, bon. »

Je changeai les serviettes et revins dans la chambre. Il se tenait sur le pas de la porte.

« On se voit ce soir ? *Die Boheme* ? »

J'acquiesçai.

Il s'éloigna dans le corridor en sifflotant. Je n'osais plus rien inspecter de ses affaires et achevai mon travail le plus vite possible. Au début de l'après-midi, revenant de déjeuner, je croisai Haller et Herzog dans le hall de l'hôtel Rapp. Ils sortaient du bureau du directeur. En passant, ils me jetèrent des regards curieux.

J'étais informée maintenant que Herzog, quoique toujours en civil, était un SS et avait le grade de lieutenant. Et lui et Haller, se doutaient-ils de ce que je savais ? Je préférais ne pas y penser.

Plus tard au *Die Boheme* la soirée se déroula comme à l'accoutumée, Brancaleoni ne fit aucune allusion à notre rencontre du matin. Nous vidâmes cinq ou six bouteilles

de champagne à nous quatre. À la fin j'avais l'estomac barbouillé, envie de vomir ; ce que je fis, dehors,
dans le caniveau après que nous eûmes quitté les autres.
Mon ami et moi regagnâmes ensemble l'hôtel Pelikan.
Je m'efforçais d'oublier l'affaire de la chambre du troisième étage. Et quelques jours plus tard, je commis une
nouvelle bourde…

J'avais envie de coucher avec Cat à l'hôtel Rapp plutôt qu'au Pelikan, au moins une fois. Pour rire, ou pour
l'excitation, ou pour le simple plaisir de tirer vengeance
de mes employeurs. Jouer chez eux à la bourgeoise au
lieu de la bonne. Une idée stupide, née avec les bulles du
champagne du cabaret *Die Boheme*. Je m'arrangeai avec
le réceptionniste, que j'avais mis dans la confidence.
Il retint pour moi une chambre qui se trouvait libre. Je
souhaitais faire la surprise à Cat. « Cette nuit, c'est moi
qui t'invite, mon chéri. » Il accepta l'offre avec désinvolture, pour lui une chambre d'hôtel en valait une autre.
Je lui plaisais mais je craignais qu'il n'en fût de même
avec n'importe quelle femme, ou à peu près. Je voulais
l'épater par mon audace, le séduire complètement afin
de garder Cat pour moi seule. Le suivre en Algérie, ou
plus loin, n'importe où. À vrai dire j'étais folle de lui.
Si vous l'aviez connu, vous comprendriez.

Je ne fis pas monter de petit déjeuner dans la
chambre ce matin-là, je ne suis pas imprudente à
ce point. Mais le réceptionniste aura été bavard, ou
quelqu'un du personnel nous vit au moment où nous
sortions, Louis et moi. Toujours est-il que l'affaire
s'ébruita et parvint aux oreilles du directeur de l'hôtel.

Il me convoqua dans son bureau. Je fus traitée de
« sale Française » et couverte d'injures. J'appris par la
suite que Herzog et Haller étaient venus séparément à
l'hôtel faire une enquête. Brancaleoni les avait avertis que

je me mêlais de choses qui ne me regardaient pas et que j'avais fouillé dans ses affaires. En conséquence, les deux nazis avaient ordonné au propriétaire de me renvoyer à la première occasion. Celle-ci s'était présentée et ça y était : on me fichait à la porte. Ça se passait le 28 janvier 1942.

Cat était bien embêté, il tenait à moi, et désapprouvait le comportement de Brancaleoni. Dès que j'eus perdu ma place, je décidai avec Louis de partir immédiatement pour la zone libre, et de là en Algérie. Le 2 février, j'avais quitté Stuttgart pour me rendre à Mulhouse, où je revis mon fils et fus hébergée chez mes parents. Une année presque exactement s'était écoulée depuis mon départ de chez moi. Pendant ce temps, Cat était envoyé en mission à Marseille par les Allemands. Il ne me confia rien au sujet de ce qu'il devait faire là-bas. Herzog, qui peut-être commençait à se méfier de lui, l'accompagna jusqu'à Dijon dans son voyage. Au retour de Marseille, Louis fit un détour dans sa famille à Arbois dans le Jura, où il emprunta à sa sœur la carte d'identité de cette dernière. Il en avait besoin pour faire établir, à Stuttgart, un Ausweis au nom de cette sœur aînée, ce qui me permettrait à moi d'entrer en zone interdite[1] sous une fausse identité. Nous y étions obligés si nous voulions gagner Arbois qui se trouvait en zone occupée *et* interdite.

---

1. Depuis juillet 1940, une large zone située dans le nord-est de la France séparait la zone occupée normale des territoires d'Alsace-Lorraine annexés au Reich. Cette zone interdite, appelée aussi « zone réservée », destinée au peuplement allemand et où le retour était défendu aux réfugiés français, comprenait le nord des départements de la Somme, de l'Aisne, des Ardennes ; le territoire de Belfort, le Doubs, la Haute-Saône et le nord-est du Jura ; la moitié est de la Haute-Marne, et le pays de Gex, rattaché de l'Ain au Doubs.

Le peu qu'il m'avait dit de sa sœur, c'est qu'elle se prénommait Cécile, et avait eu « une vie malheureuse ». Chez moi, j'achetai des friandises et de menus cadeaux dans l'intention de la remercier du prêt de la carte d'identité, et aussi d'en offrir aux parents, à Arbois, qui consentaient à nous héberger quelques jours en attendant que nous puissions gagner la zone libre. Cat leur avait parlé de moi et j'étais anxieuse de faire leur connaissance. Au fond de mon cœur, je nourrissais l'espoir d'épouser Louis après la guerre, une fois que j'aurais divorcé de Roger. Ma principale inquiétude était qu'ils verraient d'un mauvais œil l'union de leur fils avec une femme plus âgée, déjà mère d'un enfant adolescent. À Mulhouse, attendant le retour de mon ami, j'étais nerveuse, fatiguée, je craignais de tomber malade ; l'hiver était glacial, un des pires qu'on ait jamais connus. Les jours rallongeaient. J'étais sans travail sauf aider ma mère à la maison. J'allais chercher Paul à la sortie de l'école et nous rentrions ensemble rue des Vosges. Il voulait savoir quand son père reviendrait en France. Nous ne lui avions jamais dit que quand il est né je ne connaissais même pas Roger Beaucaire. La première fois qu'il l'a vu, je l'ai présenté ainsi : « C'est ton papa, mon chéri. Quand tu étais tout petit petit, il est parti pour un long voyage… À présent il est là de nouveau et ta maman et lui on va se marier… » De temps en temps une lettre du stalag XVII A arrivait pour mon fils chez mes parents. Je les avais lues, il me les avait montrées. Elles étaient plus longues et plus touchantes que celles que je recevais, moi. Je pleurais en les lisant. Je me demandais où nous allions, tous. Et si je gagnerais un jour la zone libre.

NOTE

JF / RGJJ

MINISTÈRE DE L'INTÉRIEUR
DIRECTION GÉNÉRALE de la SÛRETÉ NATIONALE
DIRECTION DE LA SURVEILLANCE DU TERRITOIRE
N° D 2935 SN/STE
615.169

Paris, le 28 mars 1945

NOTE POUR LES COMMISSAIRES
CHEFS DES B.S.T.

Il y a lieu de rechercher, arrêter, et mettre à la disposition de la Direction de la Surveillance du Territoire, service P.C.A., la nommée :
 BOCKERT Aline
ou
 BOEKERT
ou
 BOCKAERT
Née le 5-2-1916 à LUCERNE (Suisse) de feu Joseph et de BIRSER Catherine,

inculpée d'espionnage.

En octobre, novembre et décembre 1944, cette Suissesse suivait des cours de sabotages [sic] à Badenweiler (Allemagne), avec le nommé FRANÇOIS Paul, actuellement détenu.

Sera vraisemblablement parachutée, si ce n'est déjà fait.

Ci-joint une photographie de l'intéressée.

Roger WYBOT, Directeur
de la Surveillance du Territoire
[signé :] *R Wybot*

CHAPITRE XI

LA SŒUR DE L'AVIATEUR

Louis ne revenait toujours pas de Stuttgart, me laissant en proie aux plus sombres pressentiments. Sans aucun doute l'*Obersturmführer* Herzog avait été informé de notre liaison et depuis il se demandait où j'étais passée, après mon renvoi de l'hôtel. Ses services avaient dû lui apprendre maintenant que j'avais quitté la ville. J'étais libre de rejoindre Mulhouse, étant native du Haut-Rhin et sujette du Reich ; retourner chez mes parents semblait logique. Mulhouse n'est pas si loin de Stuttgart. Les tentatives de Cat d'obtenir un laissez-passer auprès des autorités allemandes avaient peut-être été rapportées à son chef. À présent Herzog le surveillait de près, le gardant à sa disposition au Weissenhof dans son école d'espionnage aux ordres des services de renseignement de la SS. Et Louis finirait par se résoudre à m'oublier... Les Françaises volontaires pour le travail en Allemagne, en général des filles de mœurs légères, ou les Allemandes faciles ne manquaient pas, monsieur le commissaire, pour un garçon séduisant, dans les cabarets et les établissements de nuit de là-bas. Une de perdue, dix de retrouvées, comme on dit et comme je me disais aussi, arpentant solitaire les rues de ma ville. Celle-ci avait bien changé. Enseignes et panneaux portant des inscriptions françaises avaient été arrachés sur ordre des autorités occupantes, la langue française était interdite dans les lieux publics. Débaptisée, la rue principale de Mulhouse s'appelait dorénavant la Adolf Hitler Strasse. Comme à Stuttgart, je voyais des jeunes avec des brassards nazis, et ces jeunes brûlaient les livres français. On démolissait tout monument ou statue rappelant l'appartenance de l'Alsace à la France. Jusqu'au port du béret, qui vous valait six mois d'emprisonnement, car il serait un « couvre-chef juif » ou « obscurcirait le cerveau » ! Les PTT étaient devenues la Reichspost, la SNCF la Reichsbahn. Il n'y avait plus de journaux français, on lisait le *Mülhauser Tagblatt*… J'avais le cafard, il pleuvait ou quand il ne pleuvait pas il neigeait, l'hiver était installé à demeure, tout comme la guerre ; et moi je ne connaîtrais jamais l'Algérie. Mes rêves de midinette se désagrégeaient à mesure que filaient les jours, les nuits, dans la loge miteuse où nous vivions entassés à quatre. Il ne me restait plus qu'à visiter les hôtels en quête d'une place pour toucher de nouveau un salaire. J'étais munie de quelques bonnes références, à condition de ne jamais souffler mot de l'hôtel Rapp.

Mais, le 24 février, Louis était là ! Avec la carte d'identité de sa sœur et avec mon Ausweis. Son portefeuille également rempli de billets, Cat nous invita, moi, mes parents et mon fils, à dîner au grand hôtel de l'Europe, avenue du Maréchal-Foch, près de la gare. Il y avait pris une chambre. Il désirait que je reste, mais je ne pouvais pas, à cause de Paul, qu'aurait pensé le petit de la conduite de sa maman ? De toute façon, nous aurions le temps, ensuite. Peut-être même la vie entière. Je rentrai rue des Vosges avec ma famille, faire mes bagages. Le lendemain matin, 25 février, Cat et moi montions dans le train qui traversait la zone interdite en direction de Dijon. Les contrôles volants étaient pratiquement constants, sur ces trains – on cherchait aussi les prisonniers évadés. Je dus montrer mon Ausweis à un sous-officier contrôleur allemand. Il demanda ma carte d'identité. Je lui tendis, le cœur cognant à tout rompre, la carte usagée de Cécile Cat, établie des années plus tôt à la sous-préfecture de Dole, Jura, et qui était aux mêmes nom et prénom que l'Ausweis. Le sous-officier s'avança vers la fenêtre du compartiment afin de mieux examiner la photo. La sœur de Louis avait les cheveux clairs mais ne me ressemblait pas. Le contrôleur commençait à créer des difficultés. Mon ami s'impatienta et lui tendit un feuillet plié.

« Je voyage avec ma sœur », dit-il sèchement en allemand.

Le sous-officier jeta un coup d'œil à la feuille de papier, se raidit, me restitua mes documents et fit à Cat le salut militaire, avant de vérifier, avec une sévérité accrue, les Ausweis des gens assis à côté de nous. Puis il sortit en refermant la porte à glissière. Pétrifiée, j'avais reconnu la feuille qui avait obtenu cet effet rapide. C'était la même que dans la valise de Brancaleoni.

« *Le possesseur de cette attestation, le chargé spécial français Louis Cat, né le 3 juillet 1915, appartient au commando "SS*-Obersturmführer *Herzog". Cat exécute des missions spéciales qui doivent rester tout à fait secrètes...*

Tous les services sont priés de fournir aide et assistance de quelque sorte que ce soit au sus-nommé ainsi qu'aux personnes qui l'accompagnent...

Signé : Herzog, SS-Obersturmführer. »

Le chef de l'office spécial d'espionnage n'était jamais bien loin. En fait, on aurait pu croire que Herzog voyageait, invisible, parmi nous. Son crâne rasé, ses lunettes rondes, son regard de crapaud flottaient dans l'air enfumé de la voiture, le long du couloir encombré par les permissionnaires en uniforme et leurs havresacs, ou les vitres mouillées au-delà desquelles je voyais défiler montagnes, collines et bois. Il était derrière tout ça. Je comprenais brusquement pourquoi l'homme que j'aimais avait pu quitter l'Allemagne sans problème, ses poches bourrées d'argent, et me porter ces documents de voyage pour traverser la zone interdite. J'observais Cat en frissonnant. J'avais peur.

Nous sommes descendus du train à Besançon. De là, nous avons pris un autocar de la compagnie Monts Jura qui descendait vers Dole, Arbois et, je crois, Champagnole. Je me souviens que Louis lisait le journal qu'il avait acheté à la gare, une édition parisienne de la veille, et que l'un des gros titres annonçait sur un ton victorieux : L'ENCERCLEMENT DE JAVA. LES TROUPES JAPONAISES ACHÈVENT L'OCCUPATION DE TIMOR ET DE BALI. Cat et moi n'allions pas jusqu'à Java – nous nous contenterions de l'Algérie, de ses maisons blanches au bord de l'eau et de ses palmiers. Mais le Sud ne m'avait jamais paru aussi éloigné que dans ce Jura où nous débarquions. Les hauteurs entourant Besançon tapissées de blanc comme dans un récit de Noël, les branches des sapins ployant sous la neige, un ciel gris de plomb sur ce décor hivernal. Ici aussi le froid durait, c'était pire même qu'à Stuttgart. Notre autocar s'arrêtait souvent, la route bloquée par des congères énormes. Dehors je voyais des hommes se démener, équipés de pelles. On déblayait, puis on repartait. Ma tête appuyée contre le blouson de Louis, je grelottais malgré mon manteau doublé de fourrure, tandis que mon compagnon passait une main protectrice sur mon épaule. Nous n'étions plus dans la voiture surchauffée du train et ses fumées de tabac, mais dans un modèle vieillot de car de campagne, bringuebalant et rempli de courants d'air, aux vitres glacées épaissies de givre. Les autres passagers étaient des paysans, des retraités, des grand-mères avec leur cabas, et quelques types plus jeunes à l'air anxieux ou épuisé, que l'on pouvait suspecter de chercher comme nous à gagner la zone non occupée. Une gamine voyageait seule et je me demandais qui l'attendait là-bas au bout du parcours, ou s'il y aurait quelqu'un pour elle. C'était peut-être une Juive qui espérait franchir la ligne de démarcation ? Les points de passage étaient nombreux dans ce secteur du Jura, disait-on, et les gardes-frontières, négligents dans les premiers temps de l'occupation allemande, renforçaient désormais les contrôles et la surveillance. Des panneaux rédigés dans les deux langues signalaient qu'en cas de désobéissance aux sommations, les gardes côté occupé avaient ordre de tirer à vue. On m'avait dit que du côté de la zone libre, les gendarmes français, au contraire, accueillaient les évadés en les félicitant. Mais nous n'y étions pas encore.

Je ne savais que peu de choses de la famille de Cat et je nourrissais des appréhensions. Le père de Louis était principal de collège, la mère pharmacienne, Cécile, la sœur, avait une mauvaise santé et gagnait sa vie avec des travaux de couture à domicile. Comment m'accueilleraient-ils ? Qu'avait-il pu dire de moi dans ses lettres ou lorsqu'il les avait vus dernièrement ? La vérité ? Qu'il couchait avec une femme de chambre de Mulhouse partie chercher du travail en Allemagne ? Une fille de concierges, déjà mariée à un peintre en bâtiment et mère d'un enfant ? Heureusement nous ne resterions que quelques jours. Moins ils en sauraient sur moi pour le moment et mieux ça vaudrait. Je retirai mon alliance,

63

par précaution, profitant d'un instant où Cat regardait de l'autre côté.

Le car atteignit Dole au bout d'un voyage qui me parut interminable. Le pays entier était recouvert de neige. Le trafic ferroviaire avait été interrompu durant des semaines ; on n'avait pas encore déblayé toutes les lignes ni toutes les routes, des villages de montagne demeuraient isolés et coupés de tout, cet hiver sur le Jura avait été plus rude encore que le précédent. La liaison directe par autocar Besançon-Arbois par la vallée de la Loue n'était pas rétablie, pareil pour le train, c'est pour cela que nous devions faire le détour par Dole. Une femme assise derrière nous racontait qu'au début du mois il avait gelé si fort que l'on n'avait pu creuser la fosse pour l'inhumation de son oncle, et qu'il avait fallu déposer le corps dans un caveau provisoire. Les paysans craignaient le retour des loups dans la région, sortis affamés du fond des forêts par ces temps de grand froid. La nuit, le thermomètre était parfois descendu jusqu'à moins vingt-cinq degrés ! Je commençais à regretter la sécurité et le confort des grandes villes comme Stuttgart ou même Mulhouse. Pendant l'arrêt à Dole, mon ami courut chercher des sandwiches et du café dans un restaurant devant la gare routière. La gamine juive descendit avec sa valise, personne ne l'attendait dehors, je la vis s'éloigner d'un pas hésitant. Un homme à l'air louche l'aborda et je me demandai dans quel guêpier la petite allait se fourrer. Dans ma tête je lui souhaitai bonne chance. En revenant, Cat m'apprit qu'il y avait eu un attentat en janvier à Dijon contre le Foyer du soldat allemand, et qu'en mesure de représailles dix communistes allaient être fusillés d'un jour à l'autre. À la gare d'Auxonne, qui était le point de contrôle pour la direction de Dijon, des arrestations massives avaient lieu parfois et l'on ne savait jamais si l'on serait autorisé à franchir la ligne entre zone interdite et zone occupée normale, même muni d'un Ausweis délivré par les autorités.

C'était d'ailleurs là le problème pour Cat et moi. Lui possédait un sauf-conduit rouge de « grande circulation » destiné au passage en zone libre depuis la ligne nord-est de zone interdite, fourni par Herzog, mais moi non. Et il ne pouvait évidemment exhiber au poste-frontière son attestation signée d'un officier SS de Stuttgart, document qui l'aurait désigné aux yeux des gendarmes français comme espion. Si nous voulions gagner ensemble la zone libre, il fallait franchir la frontière clandestinement. Cela ne semblait pas tracasser Louis outre mesure. Une fois de plus son insouciance m'impressionnait, ou m'inquiétait, selon la façon de voir. Quoi qu'il en soit, à la fin du jour le chauffeur nous déposa à Arbois. J'avais dormi la dernière partie du trajet. Nombre de voyageurs semblaient être descendus à l'arrêt d'avant, je sus plus tard que les clandestins procédaient ainsi, par prudence, car on savait que la police arrêtait les gens au terminus. Le ciel bleuissait à peine, ce n'était pas encore l'heure du couvre-feu ; nous descendîmes et marchâmes à travers la ville enneigée, portant nos bagages jusqu'au collège Buffon, rue du Collège, où vivait la famille dans un appartement de fonction destiné au principal de l'établissement. Et je fis connaissance avec les Cat.

Le père était un homme petit et râblé, avec une courte moustache grisonnante et un visage rectangulaire, sévère d'aspect mais aux yeux bleus étonnamment doux. La mère, une femme massive, paraissait très liée à son fils unique, et l'inverse était vrai également comme je pus le constater. La fille, Cécile, je compris en l'apercevant pourquoi Louis disait qu'elle avait eu « une vie mal-heureuse » : toute jeune, sa sœur avait attrapé la polio, et se déplaçait péniblement appuyée sur des béquilles. Ses longues jambes maigres était appareillées dans des attelles de cuir et de métal. Son joli visage me plut beaucoup – elle ressemblait à Cat mais avec des traits plus fins encore. Au contraire des parents, qui m'obser-vaient avec une réserve prudente, de la méfiance même, elle m'embrassa aussitôt affectueusement. Elle était plus grande que moi, ses cheveux blonds et raides coulaient dans son dos. Je lui trouvais l'air propre et distinguée et j'espérais que nous deviendrions de bonnes amies.

Louis me présenta de but en blanc comme sa « fian-cée ». Le regard de la mère devint plus perçant encore. Le père semblait déconcerté. Tous deux évaluaient mon âge, d'abord, à n'en point douter ; seule Cécile se tenait au-dessus de ce genre de considérations. Elle posa une des béquilles contre la table et me prit la main. Et, comme si elle avait lu dans mes pensées : « Nous deviendrons de bonnes amies, alors. N'est-ce pas, Aline ? »

ARRESTATION

RÉPUBLIQUE FRANÇAISE

MINISTÈRE DE L'INTÉRIEUR
DIRECTION GÉNÉRALE
DE LA SÛRETÉ NATIONALE
SN/ST.3
N° 32

Strasbourg, le 20 janvier 1946

L'inspecteur O.P.J. CHAUMONT Féréol
à Monsieur le COMMISSAIRE PRINCIPAL
Chef de la Surveillance du Territoire
— STRASBOURG —

AFFAIRE : BOCKERT Aline, détenue à FRESNES.
OBJET : Espionnage.
RÉFÉRENCE : Suite à rapport n° 1662, du 17/3/1945,
du Service.

Par rapport cité en référence il était signalé que le Service avait identifié une BOCKERT Aline, *née le 5 février 1916 à* LUCERNE (SUISSE), *comme ayant été employée à la Kreisleitung de* MULHOUSE (HAUT-RHIN), *en qualité d'interprète jusqu'en 1942, avant de partir à* ARBOIS, *puis à* NICE, *où elle était agent de la [sic] S.D.*

L'intéressée, fin 1944, se trouvait à SCHWARZAC *(Tyrol Autrichien), où elle suivait des cours à l'école de ski du Mont Gammschtein [sic], et alors qu'elle appartenait au Kommando de sabotage de l'Allemand* NEISSER Werner, *qui devait s'installer à* MILAN.

La nommée BOCKERT *avait suivi également des cours de sabotage au Kommando* HAGEN (HAGENDORN), *à Badenweiler (Allemagne).*

Or, de source officieuse, nous avons été informé que l'intéressée aurait été arrêtée à PARIS *le 8/12/1945, et conduite au Commissariat du XVIe Arrdt. (quartier de la Muette).*

Le renseignement fourni par notre informateur a été reconnu exact. La nommée BOCKERT Aline, *identifiée par une personne de* MULHOUSE, *dans le métro à* PARIS, *le 8 décembre dernier, a été arrêtée sur intervention de cette personne.*

L'intéressée a été interrogée par la 7e Section des Renseignements Généraux de la Préfecture de Police, 11, rue des Ursins et, le 10 décembre, mise à la disposition de M. le Commissaire du Gouvernement près du Tribunal Militaire de la

Seine. Elle a été écrouée à FRESNES *et, de ce fait, elle n'a pu être interrogée par nos soins.*

Son interrogatoire à la 7ᵉ Section des R.G. de la Préfecture de Police fait ressortir les principaux points suivants :

Lors de son arrestation la nommée BOCKERT *était en possession d'un ordre de mission au nom de* LINSER Antoinette *née le 5/2/1912 à Neuf-Brisach, délivré le 6/12/1945 par la Direction des Recherches du Commandement en chef Français à* BADEN-BADEN *(Allemagne).*

L'intéressée était accompagnée du lieutenant RENARD *Paul, Charles, Auguste, né le 10/12/1912 à Roubaix, ingénieur chimiste, dt. 33, r. de la République à Senones (Vosges), actuellement mobilisé à la Sécurité Militaire en Allemagne. Le lieutenant a déclaré que la femme* BOCKERT *lui servait d'indicatrice. L'officier a été laissé en liberté après contrôle près des autorités militaires.*

Quant à la femme BOCKERT *elle reconnaît les faits relatés dans notre rapport cité en référence. Elle déclare également avoir été employée comme secrétaire 54, avenue Foch au service III C. (hauptsturmführer[1]* FISHER *[sic]) ; elle était chargée de la mise au point des rapports sur les mouvements autonomistes breton et basque. Après un séjour à* MARSEILLE, *puis* NICE, *elle a été dirigée sur* KOVNO. *Vers juillet/août 1944 elle dit avoir été sollicitée pour entrer comme interprète au bureau des documents secrets de la Chancellerie du Reich. Elle aurait refusé pour raison de santé.*

---

1. Capitaine, dans la SS.

Ensuite, et pendant une huitaine de jours, elle dit avoir été secrétaire de SKORZENY, *avant de revenir à* PARIS, *le 11/8/1944, avec l'agent connu* KAUTE, *qui devait la faire affecter au Kommando* HAGEN. *Après l'armistice elle dit s'être mise à la disposition de la Sécurité Militaire Française en Allemagne.*

Il semble qu'un interrogatoire très approfondi de l'intéressée aurait pu permettre d'obtenir d'utiles renseignements.

Notons encore que la nommée BOCKERT *est l'objet d'un mandat d'arrêt, en date du 10/9/1945, de M. Pierre* DURAND, *Juge d'Instruction à* NICE.

L'Inspecteur principal O.P.J. :
[signé :] *Féréol Chaumont*

CHAPITRE XIII

HISTOIRE DE RIRE

Je n'ai jamais fait de politique, monsieur le commissaire. Je ne suis qu'une femme de ménage. Comme je vous l'ai dit, tout ce que l'on peut me reprocher est d'avoir manqué de prudence. Et d'être tombée amoureuse de Cat. Mais – cela je vous l'ai dit aussi – je suis observatrice. Ainsi que, à en croire Brancaleoni, une « fine mouche »… Au mur du salon, je remarquai tout de suite le portrait du maréchal Pétain. Rien d'extraordinaire, c'était pareil à peu près dans tous les foyers de France jusqu'à l'été 1944, sans compter les écoles et collèges, naturellement. Pendant que nous buvions de l'alcool du pays pour fêter notre arrivée, je suivais sans trop y participer la conversation chez les Cat. Les parents, de toute évidence, adoraient le fils, comme si c'était la huitième merveille du monde. Ils le surnommaient avec amour leur « Loulou », ce qui m'amusa. Les relations entre la fille et la mère me parurent légèrement plus fraîches. Au début j'imaginai que c'était parce que Cécile, comme de nombreux jeunes, éprouvait par patriotisme de la sympathie pour la Résistance, laquelle devenait de plus en plus active dans le Jura ; alors que les parents inclineraient eux vers la collaboration. Mais c'était l'inverse – la sœur de Cat était fiancée à un Arboisien parti sur le front de l'Est, engagé dans la LVF[1]. Ce jeune homme lui écrivait régulièrement et elle partageait ses idées.

Louis, à table, n'aborda guère la politique, Mme Cat non plus, en tout cas pas avant la fin du repas, d'ailleurs assez frugal. M. Cat voyait en son fils le « prototype même du Français tel que le souhaite le Maréchal ». Ils parlèrent beaucoup aviation ce premier soir, d'autant que le père, en plus d'être le principal du collège, était à l'origine professeur de mathématiques et donnait encore des cours dans cette matière. Toutes les histoires de technique et d'ingéniérie le passionnaient. Les entendant discuter avec animation, je me faisais l'effet d'une idiote. Pourtant, si mes parents n'avaient pas été forcés de déménager tellement souvent, moi aussi j'aurais pu aller loin dans les études ! M. Cat père lui-même, fils d'un agriculteur du voisinage de Lons-le-Saunier, donc parti de peu, avec un simple brevet de l'enseignement primaire, me parut un éducateur dévoué croyant dur comme fer à cette école de la République qui l'avait tiré du lot. Il m'aurait prise en main et fait réviser nuit et jour jusqu'à ce que j'obtienne tous mes diplômes et certificats... Je voulais écrire des contes, des romans. La maîtresse disait que mes poésies étaient bonnes, que j'avais une excellente mémoire et de l'imagination. Ainsi, vous le voyez, accueillie par cette famille d'étrangers, je rêvais et m'accrochais à des choses qui n'étaient jamais arrivées et qui normalement n'arriveraient jamais dans ma pauvre vie. Vous qui savez comment tout cela s'est terminé, monsieur le commissaire, vous devez bien rire en lisant ces lignes.

Ils m'interrogèrent sur ma propre famille et de quelle manière j'avais rencontré « Loulou ». Celui-ci

1. Légion des volontaires français contre le bolchevisme, créée en 1941 pour soutenir l'offensive allemande contre l'URSS.

m'observait avec un sourire ironique et, comme il commençait à me connaître, il me laissa improviser. Je ne sais pas ce qui me prit, le vin jaune d'Arbois que nous buvions en était peut-être la cause, mais j'inventai que mon père, le capitaine Beaucaire, était officier de réserve d'artillerie, présentement démobilisé à Mulhouse, et que jadis ma mère et moi l'avions suivi au cours de ses casernements successifs à Grenoble, Lyon, Valence et jusque sur la Côte d'Azur... Je ne citai que des lieux que je connaissais, pour l'éventualité où l'on me poserait des questions précises. J'ajoutai d'un air hautain qu'en Allemagne j'accompagnais un M. Brancaleoni, représentant d'une firme suisse de produits ménagers, en tant que sa secrétaire particulière. Il est vrai que pour les savons et l'entretien j'en connais un rayon ! Cat, assis en face de moi, se retenait de pouffer de rire.

« Et puis, expliquai-je, à Stuttgart où Louis et moi logions dans des hôtels proches, dans le centre-ville, les meilleurs, j'ai fait sa connaissance lors d'un concert de Zarah Leander au grand cabaret russe le Novy et cela a été le coup de foudre, comprenez-vous. (Disant cela, je lui décochai un regard brûlant, à la Mireille Balin dans *Pépé le Moko*.) Et donc j'ai prié M. Brancaleoni de me rendre ma liberté, afin que je puisse suivre mon fiancé en Algérie... »

Les yeux bleus du principal du collège Buffon m'étudiaient attentivement. Pendant tout mon petit discours il m'avait observée à travers la fumée de sa cigarette (c'était un fumeur enragé). Quand j'y repense aujourd'hui, je me dis qu'il devait être difficile de tromper un tel homme sur ce genre de question. Des élèves fabulatrices, il en avait obligatoirement connu un paquet, au cours de sa carrière ! J'étais stupide. J'avais gaffé aussi en mentionnant le « grand cabaret russe le Novy », car il devait mépriser

73

les plaisirs futiles. Mais pour le moment il ne faisait aucune remarque. Sa fille commenta avec un sourire triste qu'elle aurait bien voulu comme moi visiter autant de cités, de décors et de pays, assister à d'aussi beaux spectacles, au lieu d'avoir sa mobilité réduite par son infirmité ; elle n'était jamais allée plus loin que Dijon ! Je répondis que, bientôt, son fiancé reviendrait de l'Est, qu'ils partiraient ensemble pour de beaux voyages... M. Cat hocha sa tête sévère et je lus, dans ses yeux doux, qu'il m'était reconnaissant de cette réponse.

Après souper la conversation est venue sur l'Angleterre, et les Cat étaient là tous d'accord. « Les sujets de Churchill sont bien les dignes descendants de ceux qui brûlèrent Jeanne d'Arc... Nous avons payé cher le mirage de l'Entente cordiale... Mais la trahison de Dunkerque a permis à certains Français enfin d'y voir clair et de mettre un terme au désastre... Tout le mal vient de la perfide Albion... Sur toutes les mers, les Anglais continuent à couler ou à capturer systémati- quement les bateaux de commerce français... Il faudrait leur déclarer la guerre !... » J'ajoute que la famille Cat n'aimait pas non plus beaucoup les Juifs. Mais il me faut avouer que je pensais de même, à cette époque ; ce n'est que depuis mon retour à Mulhouse et à Marseille avec la fin de la guerre que j'ai compris à quel point nous avons été bernés par la propagande.

Je tombais de sommeil, l'on me fit coucher, par res- pect des convenances, dans la chambre de Cécile. Je partageai donc son lit. C'était un peu curieux de dormir dans l'intimité d'une infirme ; je l'aidai à retirer ses attelles puis à s'installer à côté de moi. La pièce était froide malgré le charbon qui brûlait dans le poêle. Avec ces boulets de mauvaise qualité, les Jurassiens, pour ceux qui arrivaient à s'en procurer, avaient beaucoup de mal à se chauffer. Les marchands de bois et charbon ne venaient même plus livrer à domicile. Nous nous serrâmes progressivement l'une contre l'autre afin de profiter de la chaleur de nos corps. Je sentais ses jambes inertes et maigres contre les miennes. Le visage fin de Cécile ressemblait à celui de mon ami, dans la lumière de l'aube lorsque j'ouvris les yeux, et malgré moi, j'avais l'impression étrange d'avoir passé ces quelques heures, frissonnantes mais tendres, tout contre un Louis qui serait devenu fille…

Je n'ai jamais su, à propos, s'il l'avait mise au courant de ses activités au service de Herzog et du renseignement allemand. Sans doute que non. En tant que son frère il ne voulait certainement pas lui créer d'ennuis. Elle en risquait suffisamment de sa propre volonté, expliquant à tout un chacun que le devoir d'un Français était de combattre le bolchevisme, l'égoïsme bourgeois, l'individualisme, la franc-maçonnerie, la dissidence gaulliste, le capitalisme international… et de s'engager pour la civilisation chrétienne, le rassemblement européen, la discipline, la hiérarchie, la justice sociale, l'unité et la pureté française, et j'en passe. Un jour de beau soleil où ensemble nous faisions des courses en ville, peu de temps après mon arrivée, j'entendis des jeunes Arboisiens cracher dans notre dos : « Tiens voilà la sale nazie… » Je ne savais comment réagir, Cécile fit mine de ne rien entendre. Mais il ne faut pas lui en vouloir de tout ça. Elle subissait l'influence de son fiancé, le légionnaire, et des revues allemandes dont le texte était imprimé dans les deux langues et que j'ai vues traîner dans sa chambre, *Der Adler* ou *Signal*, qu'il lui avait laissées.

J'eus peur sur le moment, monsieur le commissaire, entendant ces paroles hostiles, car on m'avait raconté chez les Cat l'histoire abominable de cette jeune institutrice de Malans, en Haute-Saône, qui au mois d'avril de l'année précédente fut trouvée entièrement nue, les seins coupés, et frappée de deux coups de baïonnette dans les côtes. Son agonie avait duré plusieurs heures. Les assassins auraient été arrêtés et fusillés devant la maison du crime par les gendarmes français, sur ordre des autorités d'occupation. La rumeur circulait que ce meurtre avait été commis par des soldats allemands. Mais qui pouvait dire ? On repêchait aussi des cadavres dans la Loue, cependant il s'agissait en général de malheureux noyés ou abattus par les douaniers en essayant de passer en zone libre. Quant à la Wehrmacht, trois bataillons d'infanterie étaient cantonnés à Arbois depuis avril 1941, mais ils venaient de partir pour le front russe et ne restaient que les Feldgendarmes, avec leurs ridicules plaques en métal suspendues par une chaînette sur la poitrine (les Francs-Comtois les surnommaient « les vaches primées ») et les douaniers chargés de surveiller la ligne. Eux étaient dotés de chiens-loups à l'aspect féroce ; ces bêtes ils ne les nourrissaient qu'un jour sur deux, pour les rendre bien sauvages à traquer les clandestins. Officiers et sous-officiers logeaient chez l'habitant, par réquisition, ou à l'hôtel des Messageries. La troupe avait été cantonnée à l'école de filles, à l'école maternelle et dans trois châteaux des environs. Un champ de tir était aménagé dans le parc de l'un d'eux, le château Domet de Mont, propriété d'un M. Girard. Dans la journée on entendait encore des rafales de coups de feu, peut-être les gardes-frontières qui s'exerçaient à viser juste. Le château Béthanie était affecté au mess des officiers, la villa Jarre au Foyer du soldat, la Feldgendarmerie occupait la villa des Glycines, tout près, rue des Fossés, et les douaniers logeaient au château Bontemps tandis que la maison Maldiney était transformée en infirmerie militaire. (Je tenais un journal où je notais tout cela, je l'ai gardé, mais maintenant je n'écris plus rien sur ma vie, où il ne se passe pas grand-chose.) Louis se promenait avec moi dans Arbois et me faisait admirer les beautés, partiellement ensevelies sous la neige, de cette localité charmante où il était arrivé à l'âge de neuf ans, quand le père avait été nommé professeur de mathématiques au collège. Il m'assurait – mais je le soupçonnais de mentir – que j'avais beaucoup plu à M. et Mme Cat, et que plus tard, après l'Algérie, nous reviendrions ici pour de bon. Que la guerre serait finie et que tout le monde pourrait connaître le bonheur. L'Europe serait belle, débarrassée du communisme, le programme d'expansion des hordes de Staline une fois stoppé, au prix du sang versé, et dans notre France chérie nous verrions grandir nos enfants… Il évitait en règle générale de me parler de Roger. Le fait que je divorcerais bientôt et facilement de mon prisonnier paraissait à Cat, toujours optimiste, comme une évidence.

Un après-midi nous nous rendîmes au cinéma, laissant les parents à la maison. Nous fûmes quatre car un professeur de lettres du collège, M. Simonnet, nous accompagnait. Il avait environ trente-cinq ans et faisait la cour, en vain d'ailleurs, à Cécile. C'était au cinéma Oudet, rue du Vieil-Hôpital. On y donnait *Histoire de rire*, avec Fernand Gravey, Marie Déa et Micheline Presle. La propriétaire de la salle se débrouillait pour se faire livrer des pellicules peu de mois après leur sortie dans les grandes villes. Un film drôle et, Louis fit observer, « pas enjuivé, hein, pas comme ceux d'avant… ». Si je note cette remarque, monsieur le commissaire, en toute franchise, c'est pour que vous compreniez dans quel milieu j'évoluais en ce temps-là et comment j'étais prise, malgré moi, dans un fatal engrenage…

EXAMEN DE SITUATION

RJ/RBE/3 ex.

SECRET

DIRECTION DE LA SURVEILLANCE
du TERRITOIRE
N° 3.247 SN/STE
615.169/ 011

N O T E
Pour Monsieur le Commissaire Divisionnaire
Chef du Service Central Actif (p.j.)

OBJET : Exécution commission rogatoire
Affaire contre : BOCKERT Aline

J'ai l'honneur de vous adresser sous pli, pour exécution, une commission rogatoire émanant de Mr. DURAND, Juge d'Instruction près la Cour de Justice de NICE et relative à la procédure suivie contre le nommé [sic]

BOCKERT *Aline*
inculpée d'atteinte à la sûreté extérieure
de l'État.

L'intéressée a reconnu à l'instruction avoir été au moins en 1943 secrétaire interprète au service allemand du 54, Avenue Foch, section 30 (autonomistes breton, basque, etc.) sous les ordres du hauptsurmführer FISHER [sic].

Au cours d'un examen de situation par [la] Brigade de Surveillance du Territoire de METZ le 9 avril 1945, elle avait déclaré :

"Le 19 août 1943 je me suis présentée 19, Av. Foch (administration) et j'ai été nommée par ce service à la section économique 3 B sous les ordres du *Docteur* FISCHER. Mon travail consistait uniquement à traduire des rapports ayant trait à la repopulation en France, le degré des maladies vénériennes et le mouvement séparatiste breton. Dans ce service je n'ai connu que le Docteur FILLMANN et le Docteur MAULAZ, chef de la section (illisible)." Elle aurait quitté ce service pour MARSEILLE, le 25 août 1943.

Le Juge demandant de rechercher quelle a pu être l'activité de l'inculpée dans ce service allemand, l'enquêt[eur ?] aura intérêt à se mettre en rapport avec le service de Mr. CLOT.

Par ailleurs, je vous signale que BOCKERT Aline est citée dans de nombreuses procédures d'agents S.R.A. arrêtés, qui avaient suivi les cours de l'école de sabotage de BADENWEILER où elle se trouvait avec eux.

J'attire votre attention sur les points suivants qu'il serait intéressant d'approfondir :

Alice [sic] BOCKERT *est arrivée à* PARIS, *venant de Suisse, le 30 octobre 1937 et a demeuré successivement : 14, rue St-Didier et 1, Av. Raymond poincaré [sic] (XIVᵉ) [sic]. Elle a été la maîtresse jusqu'en février 1940 à* PARIS *puis à* MULHOUSE *d'un certain* Mr. MARX *lieutenant de réserve français, qui était à la tête d'une grosse maison d'alimentation rue Poissonnière, à* PARIS, *alors même qu'elle ouvrait, bien qu'entretenue par lui, "pour se distraire et en même temps augmenter son budget, un petit salon de coiffure dans le garni qu'il m'avait loué à l'Hôtel de l'Eure, rue St-Dizier [sic] (dires de l'intéressée à la B.S.T. de* METZ)".*

Fin août 1939, Alice [sic] BOCKERT *est allée rejoindre son amant à* MULHOUSE *où il avait été mobilisé au 1ᵉʳ Régiment de chasseurs. Courant février 1940, Mr.* MARX *étant parti dans la zône [sic] des armées, lui envoyait mensuellement 2.000 frs. tandis qu'elle devenait la maîtresse d'un sergent-chef, Mr.* DESJOBERT Marcel, *du camp d'aviation de* MULHOUSE, *avec lequel elle a suivi le repliement de la base aérienne à* AVRANCHES *(Manche) et à* VIELADOUR *(Htes-Pyrénées) pour revenir avec lui à* PARIS *après l'armistice.*

Alice [sic] BOCKERT *étant le type parfait du représentant de la Vᵉ colonne, il y a lieu de déterminer autant que possible son activité réelle, entre 1937 et l'armistice, d'autant plus qu'un important agent du S.R.A. arrêté et détenu à* FRESNES, HARISPE Michel, *a déclaré qu'en 1938 elle habitait* PARIS *"près du Trocadéro", "elle fréquentait le Cercle militaire et travaillait déjà pour les services allemands, elle s'occupait surtout des questions aéronautiques".*

Roger WYBOT, Directeur
de la Surveillance du Territoire.

<u>PIÈCE JOINTE :</u>
commission rogatoire.

<u>DESTINATAIRES :</u>
– *S.C.A.*
– *Archives*
– *Chrono.*

CHAPITRE XV

ENTRE DEUX FRONTIÈRES

Chaque vendredi, Cécile, qui s'était inscrite au « Comité central d'assistance aux prisonniers de guerre », organisé par le comité de la Croix-Rouge d'Arbois, participait à la confection des colis pour les prisonniers (ceux-ci étaient environ deux cents pour le canton, et il n'y avait pas eu encore beaucoup de libérations accordées par les autorités allemandes). Je m'offris pour l'aider, ce que je fis deux vendredis de suite, le 27 février et le 6 mars avant que Cat et moi ne quittions Arbois. Cela se faisait dans la salle des mariages de la mairie, où l'on avait mis des rallonges aux tables et installé de grandes armoires. Nous étions une dizaine de femmes volontaires pour ce travail. Les cartons étaient livrés pliés, il fallait les déplier. Tout prisonnier avait droit à deux colis maximum par mois. Nous emballions du café, du chocolat, du sucre, du pain d'épices, des biscuits de soldat, du tabac et des cigarettes, du bouillon Kub, des pâtes, des conserves de sardines, des lainages et ainsi de suite. Puis nous refermions les cartons et collions les étiquettes. En un après-midi nous avions fabriqué entre quarante et soixante colis. Je me souviens que la mauvaise ficelle en papier nous coupait les doigts.

Et chaque fois, René Simonnet nous attendait devant la mairie, lorsque nous avions terminé, à dix-huit heures.

Il nous invitait au café des Deux Pins ou au café des Arcades. Pendant que nous bavardions, il regardait beaucoup Cécile, d'un long regard insistant qui me mettait mal à l'aise. Elle paraissait avoir l'habitude. Moi, il me déplaisait. Ce jeune professeur avait une figure ovale, des cheveux bruns et gras lissés en arrière, un front bas et large, des yeux noisette pénétrants, un nez un peu fort, des lèvres minces, un menton fuyant comme celui de « Tonton » Mallet, l'ami de Brancaleoni et de Louis à Stuttgart. Ce sont ses lèvres, rouges et humides, que je détestais le plus ; sa bouche ressemblait à une petite blessure qui s'ouvrait et se refermait. Il m'appela tout de suite familièrement par mon prénom – alors que les parents Cat, jusqu'à la fin de notre séjour, ont persisté à m'appeler « mademoiselle Beaucaire » bien que je fusse la fiancée de leur fils. Cécile lui ayant raconté que Louis et moi cherchions un passeur pour nous conduire clandestinement en zone libre, il semblait prendre notre problème à cœur, se vantait de connaître nombre d'habitants du coin qui se livraient à cette activité, laquelle sauf pour les réseaux résistants n'était pas gratuite : il fallait prévoir de cent à trois cents francs par personne. Quelques individus peu recommandables allaient jusqu'à exiger six cents (et pour faire passer les Juifs, on exigeait d'eux plusieurs milliers de francs puisqu'on supposait qu'ils avaient de quoi payer, en plus de raisons impératives de fuir les Allemands). Mais si l'opération échouait, ils remboursaient les voyageurs – enfin, ceux qui étaient vivants et libres de venir réclamer. « Arbois est un gros point de passage, en direction de Poligny, m'expliquait Simonnet. Dans les premiers temps c'étaient surtout des réfugiés de l'exode qui souhaitaient revenir chez eux en dépit de l'interdiction. Maintenant, dans l'autre sens, ce sont soit les prisonniers évadés soit les becs-crochus (comme il disait)… Passeur, c'est un boulot courant par ici. Courant, et profitable, quoique dangereux. » Il ajouta que l'on voyait parfois, au matin, dans la campagne, des valises abandonnées le long des fossés. « Des familles qui se sont fait repérer par les Boches et ont tout jeté pour courir plus vite… » J'ai vu ma compagne tiquer au mot « Boches ». Alors le professeur s'est excusé et ce faisant a posé la main sur la sienne, que Cécile a retirée vivement.

J'ai demandé si les candidats au départ étaient nombreux à se faire prendre. C'était notre second vendredi en fin d'après-midi, au café des Arcades. Simonnet a haussé les épaules, avec l'expression affranchie qu'il se donnait en général.

« Ça arrive, bien entendu. Les gardes-frontières tendent des pièges, surveillent les alentours en profondeur, pas seulement la ligne elle-même. Ils n'hésitent pas à tirer, ce ne sont plus de simples coups de feu en l'air comme autrefois. Depuis le 4 février, par ordonnance allemande, toute personne aidant des fugitifs est passible de la peine de mort, les douaniers jugent plus rapide de l'appliquer eux-mêmes. Les Allemands sont très nerveux à cause des attentats communistes, ou par peur d'être envoyés sur le front de l'Est. Le boulot de passeur est devenu beaucoup plus risqué dans le Jura. Quant à ceux qui espéraient franchir la ligne, les cellules de la prison d'Arbois sont bourrées à craquer de gens malchanceux, pareil pour les prisons de Dole et de Champagnole, avant expédition, pour les cas sérieux, à la centrale de Clairvaux. Et tout un groupe a été ramassé la semaine dernière près du pont de Parcey au sud de Dole, dont une youdie de quinze ans. Ils ont eu la malchance de tomber sur le mauvais passeur, le propriétaire de l'auberge de l'As de Pique. Après les avoir repérés en gare de Dole, il emmène ses réfugiés juifs dans la mauvaise direction, leur fait franchir la Clauge, une petite rivière, leur raconte que de l'autre côté ils sont libres ! Puis il donne un coup de trompette pour avertir les Allemands... Ce Maurice Robert se fait payer par eux aussi, il gagne sur les deux tableaux. (J'ai noté tous ces détails, monsieur le commissaire, vous pourrez peut-être faire quelque chose, afin que s'il ne l'a pas encore été ce traître soit châtié comme il le mérite !) Mais ne vous tracassez pas, Aline, a poursuivi Simonnet. Je vous présenterai un gars de confiance, à vous et Louis. »

Il nous raccompagnait jusqu'à la rue du Collège mais n'entrait pas chez les Cat. J'étais soulagée d'être débarrassée de lui, mais toujours anxieuse. Ainsi passaient mes jours – dans l'impossibilité de savoir combien de temps il nous faudrait rester auprès de ces gens qui, sans Louis et moi, avaient déjà du mal à se nourrir. Le père, exagérément honnête, s'obstinait à ne pas se ravitailler au marché noir. Dans la famille, on se contentait d'une soupe d'orties où mijotaient des restes, fanes de carottes, queues de cresson, côtes de chou-fleur, ou d'un potage aux miettes de pain, ou de grignoter des noisettes et des glands de chêne... Quelquefois nous avions droit à un peu de lentilles ou de « glinglins », des haricots blancs minuscules que l'on trouve en Franche-Comté. Le pain était mêlé de sciure de bois, l'huile sentait le rance, le lait, sans doute coupé d'eau, avait un goût bizarre. Mme Cat se levait à l'aube pour faire la queue aux magasins d'alimentation et ne rapportait presque rien. Le fils du concierge de l'école piégeait des moineaux dans la basse-cour à l'aide de graines et partageait ses prises avec nous. Je devais aider Cécile et la mère de Louis à les plumer, cela me donnait envie de vomir.

Mais au bout du compte je mangeais comme eux ma part de fricassée de moineaux. J'avais la nostalgie des restaurants de Stuttgart ou de la cuisine de mes parents à Mulhouse… M. Cat avait beaucoup maigri par rapport aux photographies de lui que je pouvais voir encadrées sur le buffet ou sur le dessus du piano. Il se rattrapait en fumant comme un pompier, un vilain ersatz de tabac qui empuantissait l'appartement. Le soir, après notre maigre souper, une fois que nous avions réintégré la chambre et rallumé le poêle, Cécile me lisait à voix basse les lettres de son fiancé envoyées de Russie. En si peu de jours nous étions devenues, elle et moi, plus que des amies, je dirais deux sœurs. Je suis fille unique, je n'ai eu ni sœur ni frère, seulement des camarades, à l'école, puis quelques copines à Paris et mes collègues femmes de chambre dans les hôtels, mais cela ne pouvait jamais durer. Je changeais si souvent de lieu et de place… Aujourd'hui en vous écrivant, j'ai encore le regret de mes conversations avec Cécile, de nos promenades lentes à travers ces rues couvertes de plaques de neige et de verglas. Et de nos nuits serrées l'une contre l'autre, jusqu'au petit jour. Comment aurais-je pu deviner que je ne la reverrais plus ?

Son fiancé engagé dans la LVF était le fils du pharmacien de la rue des Fossés qui employait Mme Cat. Ses lettres commençaient avec un « Ma petite Cécile adorée », l'une d'elles s'achevait par : « Je ne t'oublie pas même un instant, j'ai souvent des idées noires dans ce pays ravagé et souvent je pense à nos balades que nous faisions jusqu'à la petite chapelle là-haut au milieu du parfum des glycines. Et je me demande dans combien de temps pourrons-nous enfin vivre ensemble et tranquilles… Je t'embrasse comme je t'aime, ton mari pour la vie. » En vrai, Cécile et lui n'étaient pas mariés, même en secret, mais ces phrases je les ai gardées dans ma mémoire, peut-être m'ont-elles frappée parce que je nourrissais des espoirs semblables concernant mon existence future avec Cat. Lorsque nous aurions atteint la zone Sud. Mon amie ne doutait pas que très bientôt René Simonnet nous trouverait une filière. Louis et le professeur avaient du reste de fréquentes conversations dans les cafés d'Arbois ou au bar de l'hôtel des Messageries ; les filles étaient exclues de ces rendez-vous au cours desquels, en tout cas je l'imaginais, ils s'occupaient d'organiser notre fuite. Sur ce sujet également, monsieur le commissaire, j'étais naïve, un défaut qui m'aura toujours causé de graves ennuis.

LETTRES ANONYMES

RÉPUBLIQUE FRANÇAISE
Ministère de l'Intérieur
Direction Générale de la Sûreté Nationale

Commissariat de Police, ARBOIS *(Jura)*
Arbois le 17 juillet 1947
R A P P O R T
L'inspecteur BOUILLERET *Bernard*
à Monsieur le Commissaire
Objet : demandes de renseignements
Aff. C.../ BOCKERT *Aline,*

Pour faire suite à la demande de renseignements ci-jointe, émanant de Monsieur CHAUMONT *Féréol, inspecteur O.P.J. à la Brigade de Surveillance du Territoire, secteur de* STRASBOURG, *et concernant l'activité ou les plaintes relevées contre la nommée* BOCKERT *ou* BEAUCAIRE *Aline, née le 5 février 1916 à Lucerne (Suisse), j'ai l'honneur de porter à votre connaissance ce qui suit :*

Aline BOCKERT *ou* BEAUCAIRE *est arrivée à* ARBOIS *le 24 ou le 25 février 1942, accompagnée de* CAT *Louis, présenté comme son fiancé. Ils ont élu*

88

domicile au collège BUFFON, 1, rue du Collège, chez CAT Léon Joseph, principal de collège, et son épouse CAT Marie Apolline, employée à la pharmacie CAMUSET, 8, rue des Fossés.

Durant son séjour à ARBOIS, Aline BOCKERT OU BEAUCAIRE s'est inscrite au comité d'assistance aux prisonniers de guerre, sur introduction de CAT Cécile Stéphanie, couturière, et sœur aînée de CAT Louis. Ces deux femmes ont souvent été vues ensemble, vers la fin de février et au début du mois de mars. CAT Cécile Stéphanie, de façon notoire, était à l'époque une propagandiste ardente de la collaboration et de l'hitlérisme. Elle était d'ailleurs fiancée à CAMUSET Jean, engagé à la Légion des Volontaires Français contre le bolchevisme, et qui était absent d'ARBOIS en février et mars 1942.

Aline BOCKERT OU BEAUCAIRE, CAT Louis et CAT Cécile Stéphanie ont été vus à plusieurs reprises en compagnie de SIMONNET René, professeur de français au collège BUFFON, que ce soit au cinéma Oudet ou dans les cafés, notamment celui de l'hôtel des Messageries où logeaient les officiers allemands. Aline BOCKERT OU BEAUCAIRE a été vue, selon des témoignages d'habitants de la ville, dansant avec plusieurs de ces officiers au restaurant de l'hôtel, et serait montée ensuite dans la chambre de l'un d'eux. Durant l'occupation SIMONNET René a été soupçonné d'intelligence avec l'ennemi et d'espionnage. Il aurait également envoyé de nombreuses lettres anonymes à la Kommandantur d'ARBOIS, dans le but de dénoncer des patriotes. (La plupart n'ont pas eu d'effet, l'interprète M. RICHERATEAU Paul Albin, chargé de les traduire, les ayant détournées.)

Plusieurs passeurs appartenant à des réseaux de la Résistance ont pu être dénoncés aux Allemands par SIMONNET René lequel, faisant office de rabatteur, connaissait bien les milieux d'aide aux fugitifs. Les passeurs Raymond TOUPET et Paul KOEPFER, condamnés à mort par contumace par les Allemands, ont été assassinés en zone libre par des agents de la Gestapo sur dénonciation.

Le chef du maquis d'ARBOIS a donné l'ordre d'abattre SIMONNET en 1943 mais celui-ci aurait été averti par le vicaire M. l'abbé JOURDAIN, par ailleurs membre de la Résistance, réseau F2, et a pu se mettre à l'abri. Il a quitté le Jura et se serait réfugié en Allemagne ou en Autriche. Le nouveau principal du collège (CAT Léon Joseph étant décédé en août 1943) a reçu au début de 1944 une lettre de VIENNE (Autriche) envoyée par SIMONNET, réclamant des arriérés de traitement.

L'enquête menée à la Libération dans les archives de la Kommandantur de BESANÇON a révélé que SIMONNET René était un agent de la Gestapo, sous le matricule P-17. Il a été condamné à mort par contumace par la Cour de Justice de BESANÇON le 9 avril 1946.

Aline BOCKERT OU BEAUCAIRE et CAT Louis auraient quitté ARBOIS le 7 ou le 8 mars 1942, probablement pour la zone non occupée. Je n'ai pas trouvé trace de leur présence dans le canton après cette date. La rumeur a circulé en ville plus tard qu'ils avaient été arrêtés à NICE. Il m'est impossible pour l'instant de vérifier auprès de la famille CAT, celle-ci ne résidant plus à ARBOIS. CAT Cécile Stéphanie est décédée en 1945. J'ai appris que Mme CAT mère séjournait encore en

1946 dans une maison de retraite des environs de LONS-LE-SAUNIER. Je puis enquêter dans cette direction au cas où la B.S.T. de STRASBOURG le juge utile.

Aucune plainte n'a été relevée jusqu'à ce jour contre la personne recherchée. Si Monsieur l'Inspecteur CHAUMONT est en possession de renseignements complémentaires au sujet de BOCKERT Aline, il serait utile de nous les communiquer, afin d'interroger d'autres personnes avec qui cette femme aurait pu être en rapport à ARBOIS, ou des membres d'organisations auxquelles elle aurait pu appartenir, ceci dans le but de guider nos recherches.

L'inspecteur
[signé :] Bernard Bouilleret

Vu et transmis à Monsieur l'Inspecteur
O.P.J. CHAUMONT
Direction de la Surveillance du Territoire
Secteur de STRASBOURG
Le Commissaire de Police
[signé :] Célestin Courvil

CHAPITRE XVII

PASSAGE DE NUIT

J'avais constamment faim chez les Cat avec leur régime de soupes claires, de passereaux et de légumes secs. Mon estomac vide occupait en permanence mes pensées. Dans les cafés, où même le sucre était interdit, je me requinquais tant bien que mal en commandant un Viandox ou des apéritifs. Je me plaignais à Louis. Ce qui eut pour conséquence qu'un jour il nous invita, Mme Cat, Cécile et moi, à déjeuner au restaurant de l'hôtel des Messageries. En y mettant le prix, on pouvait se nourrir là-bas très convenablement. Le père était resté chez lui à fumer en ronchonnant dans son nuage infect de tabac d'herbes. Installés autour de nous, se rassasiaient les notables de la ville d'Arbois, les trafiquants du marché noir, les escrocs au ravitaillement, les fabricants de béton pour les casemates de la Wehrmacht, et, naturellement, les officiers logés à l'hôtel. Ceux-ci buvaient sec, se comportaient, le champagne aidant, de manière bruyante et souvent grossière ; à la fin ils repoussèrent des tables pour improviser une piste de danse. La TSF diffusait un programme musical de Radio Stuttgart. Un lieutenant s'approcha de Cécile, lui fit un baisemain appuyé – avant de remarquer les béquilles, ainsi que les pauvres jambes dans leurs appareils. Alors il s'excusa poliment et m'invita moi. Je refusai. Il claqua des talons et alla s'adresser à une autre femme, moins jolie que nous mais que s'exhiber avec un Boche ne dérangeait pas. Je dansai avec mon amant.

Le 7 mars, Simonnet nous avait trouvé une filière. Le même jour – je l'ai noté dans mon cahier –, la presse française signalait qu'à Paris sept communistes avaient été condamnés à mort par un tribunal allemand. Ces résistants préparaient des attentats. Pour Louis, de telles condamnations étaient une bonne chose, car comme sa sœur il détestait ces gens que l'on appelait des terroristes ; mais je fus choquée, d'autant plus qu'ils étaient très jeunes : il y avait des lycéens parmi eux.

Lors des adieux, à la porte de l'appartement des Cat, la mère, qui je croyais ne m'aimait pas, m'étreignit avec émotion, m'appelant pour la première fois « mon enfant chérie ». Puis quand elle embrassa son Loulou ce fut pour verser d'abondantes larmes. En ce qui me concerne, la seule séparation pénible était d'avec Cécile, je vous ai expliqué les liens qui s'étaient formés entre nous. Quant au principal du collège, il paraissait surtout inquiet des dangers qui nous guettaient au franchissement de la ligne. Les jours passés il y avait encore eu des morts de ce côté, ainsi que, vers Chamblay, des noyés repêchés des eaux de la Loue. Et l'on entendait dans les bois au sud de la ville, le soir ou au cours de la nuit, claquer des coups de feu qui n'étaient point le fait de chasseurs. La chasse nous était d'ailleurs défendue depuis le début de la guerre. Seuls les occupants s'arrogeaient ce droit ; ils chassaient toutes sortes de gibier, les hommes comme les bêtes.

Le temps s'était radouci brusquement au début de mars, la neige commençait de fondre, y compris sur les montagnes. Vus de la ville, les champs apparaissaient d'un vert foncé et sale, qu'entrecoupait le brun touffu des broussailles et des forêts. L'eau gouttait des toits avec rapidité, tandis que je voyais le ciel s'éclaircir. Et l'on sentait au parfum de l'air que l'hiver touchait à sa fin. Louis m'avait montré une carte d'état-major, où le nouveau tracé de la « ligne Führer » – elle avait varié plusieurs fois depuis 1940 – était reporté en rouge, de même que les positions allemandes. Selon lui, Simonnet avait volé ce plan à la Kommandantur (mais Cat dut admettre plus tard devant moi que c'était faux, on la lui avait donnée). Le tracé englobait le village de Pupillin et ses vignes, tout près d'Arbois ; le poste de contrôle barrait la route de Poligny au centre du village et un cantonnement allemand avait été installé à sa sortie sud. La ligne rouge coupait ensuite en diagonale la vaste forêt d'Arbois avant de remonter vers le hameau des Planches et les hauteurs de la Châtelaine, à l'est. Mon ami connaissait à fond les environs, il les avait explorés dans son enfance, et plus tard y avait chassé avec son père. Il supposait que le passeur nous ferait traverser la forêt à son plus épais, dans la direction du sud-est en marchant depuis le village. Notre passage était prévu de nuit. En fin de journée, Cat et moi franchîmes un petit pont sur la Cuisance pour atteindre la ferme Mouget, que Simonnet nous avait indiquée, une des toutes dernières au sud du bourg. C'était à l'angle de la rue de Pupillin et de la rue de l'Orme. La petite ville paraissait abandonnée et morte, avec ses fenêtres calfeutrées par la défense passive ; nulle lumière ne filtrait des maisons, l'heure du couvre-feu était proche. Le brouillard se levait, ce qui m'arrangeait bien car je redoutais de tomber sur une patrouille allemande avant même d'avoir quitté Arbois. Nous avions l'air tout à fait suspect avec nos bagages. Je me souviens de m'être retournée une dernière fois, pour contempler les arcades du pont de pierre qui surgissaient de manière fantomatique ; on avait l'impression qu'elles flottaient sur ces nappes de brume cachant la rivière. Louis comme à son habitude considérait les choses avec désinvolture. Mais lui avait en poche l'attestation signée par Herzog ! Que ce fût en zone interdite ou plus tard en zone non occupée, il était tranquille, muni des papiers requis : agent de l'Allemagne au nord, militaire français démobilisé au sud... Le plus dangereux pour lui, si l'on y réfléchissait, était cette expédition nocturne en plein hiver, à une période où les sentinelles tendaient à ouvrir le feu sur les clandestins plutôt que leur demander leurs papiers. Et ce risque, il le prenait pour moi parce que j'étais dépourvue d'Ausweis. Je ne l'en aimai que davantage... même si ce sentiment ne suffit pas, monsieur le commissaire, j'en conviens, à excuser mes fautes ou mon imprudence.

Nous frappâmes à la porte de la ferme. La situation du bâtiment était pratique car on entrait par une rue et sortait par l'autre, réduisant la fréquence des allées et venues. À l'intérieur, des clandestins attendaient déjà, assis à une longue table. C'étaient des prisonniers évadés, dont des Marocains, ils arrivaient de Besançon et, plus loin, de Nancy, après avoir traversé mon Alsace natale où des patriotes les avaient aidés. Je me renseignai : ces hommes ne venaient pas du lointain stalag XVII A de Roger en Autriche, mais d'un commando de Kehl où ils avaient été envoyés depuis leur camp situé à Offenburg, ville que je connaissais l'ayant traversée après mon départ de Stuttgart. Ici à Arbois ils avaient reçu du ravitaillement de la Croix-Rouge, et dormi à la cure, où, je l'appris alors, et Simonnet semblait l'ignorer car il n'en avait pas parlé, les religieux cachaient nombre de voyageurs franchissant la frontière dans un sens ou dans l'autre. La fermière nous servit une bonne soupe au lard, avec des pommes de terre. Et on déballa pour les nouveaux arrivants de la saucisse de Morteau, des tranches de bœuf fumé et un grand morceau de comté. L'intention des membres de la filière était de nous faire affronter l'humidité et le froid le ventre plein. Les derniers à rejoindre notre groupe avant le couvre-feu furent des familles de Juifs, incluant des enfants, ils fuyaient depuis la Hollande. Nous étions quinze en tout si ma mémoire est bonne. Le passeur entra ensuite, un quadragénaire moustachu que les habitants de la ferme appelaient « André ». Il était vêtu d'une canadienne et sentait fort le tabac de troupe. Lui et Cat eurent une conversation à propos du parcours à travers la forêt. Il y aurait des ruisseaux à enjamber, petits en général mais présentement gonflés par le début de fonte des neiges. J'entendis mentionner dans leur liste de points de repère une « Cuve de l'Anclay », une « maison Gribouille » (qui servait aux Allemands de poste de garde) et une « côte de Pierre-Encise » mais cela ne me disait forcément rien. Le passeur paraissait agacé que l'on discute son itinéraire ou ses compétences. Il s'écria, pour conclure : « Bon, ceux qui veulent passer la ligne… C'est deux cents francs. Gratuit pour les militaires » et fit le tour des candidats, la paume tendue. Au bout du compte, il enfourna quelque deux mille francs dans la poche de sa canadienne. Puis l'homme produisit des mouchoirs et des bandes de tissu, les tendit aux Hollandaises.

« Quand je vous l'ordonnerai, vous bâillonnerez vos mômes. Les petits, ça crie, ça pleure, je veux pas un seul bruit, pigé ? Les patrouilles boches, elles prêtent l'oreille. Allez, on marchera en file indienne, l'un derrière l'autre, y a du brouillard alors vous perdez pas de vue ! Et ceux qui ont des torches électriques, interdiction de les allumer, ça se voit de loin. Une fois à Poligny on se regroupera au café Mauroz, où ils vous serviront à manger pour vous réchauffer. »

Nous empruntâmes la porte ouvrant sur l'autre rue, de Pupillin ou de l'Orme, je ne sais. Mais dehors le brouillard s'était changé en une méchante pluie de neige fondante : des flocons lourds et pénétrants, qui venaient couler sur la peau en ruisselets de glace, par les cols, les manches, le moindre interstice de nos habits ou de nos écharpes. Le soir finissait de tomber, dans la brume bleuâtre je distinguais vaguement les silhouettes de nos compagnons de voyage, et le ruban mouillé de la route en direction de ce hameau qui serait le dernier avant la ligne. Cat marchait devant moi, me tirant de sa main libre. Nos valises étaient lourdes, le chemin grimpait à flanc de coteau. La neige me fouettait les joues. Mon cœur battait d'excitation et d'angoisse en même temps. Ça y était, cette fois, je vivais le grand départ ! De l'autre côté de cette forêt d'Arbois, après quelques heures de marche dans la brouillasse et les intempéries, m'attendait la liberté… Et très loin, là-bas, de l'amour à satiété, et du repos et de la douce chaleur. Un paquebot posé sur la mer scintillante au large de Marseille. La côte d'Afrique, semée de petites maisons blanches. Ou bien, aperçue par la fenêtre du wagon-lit, la gare ensoleillée de Modane ; et le *Lago Maggiore* avec son île au pied des montagnes.

CHAPITRE XVIII

AFFAIRE JUDICIAIRE PENDANTE

RJ/RBe/3 ex.

SECRET

DIRECTION DE LA SURVEILLANCE
            du TERRITOIRE
N° D ——— SN/STE
615.169/ 011

N O T E

*pour Messieurs les Commissaires, Chef [sic]
des Brigades de Surveillance du Territoire
de STRASBOURG et de MULHOUSE*

<u>*OBJET*</u> : *a/s. de BEAUCAIRE Aline
          née HOFFERT.*

*Le 23 avril 1942 la Brigade de Surveillance du
Territoire de MARSEILLE avait arrêté, pour atteinte
à la sûreté extérieure de l'État, l'agent S.R.A.
s'étant dit :*

le 16-2-1911 à WITTELHEM [sic] *(Ht-Rhin), fille de* HOFFERT *Aloyse* [sic] *et de* MULLER *Émilienne, domiciliée à* MULHOUSE, *11, rue des Vosges.*

Cette femme avait prétendu s'être installée en 1934 à MULHOUSE, *où son mari, peintre en bâtiment, avait trouvé du travail jusqu'à sa mobilisation en septembre 1939. Elle avait ajouté qu'en juin 1940, ne pouvant plus travailler comme femme de chambre dans les hôtels ou les maisons bourgeoises, elle avait dû vendre la plupart de ses meubles entreposés dans son appartement : 3, rue des Chantiers à* MULHOUSE, *et que fin janvier 1941 elle était allée s'employer comme femme de chambre à l'Hôtel Rapp à* STUTTGART, *22 Seestrasse.*

Aucun contrôle de ses dires n'ayant été entrepris à l'époque, vous voudrez bien me faire connaître d'urgence les résultats de vos investigations sur les points signalés.

Ces vérifications sont susceptibles d'intéresser une affaire judiciaire pendante, relative à la nommée BOCKERT *Aline, née le 5 février 1916 à* LUCERNE, *agent S.R.A. important.*

La similitude des noms et prénoms ne sachant être une pure coïncidence, il y a tout lieu de penser vu les circonstances (S.R.A.) qu'il s'agit d'une seule et même personne.

Roger WYBOT,
Directeur de la Surveillance du Territoire.

PIÈCE JOINTE :
rapport du Commissaire Courvil,
Ciat d'Arbois, en date du 17-7-1947.

DESTINATAIRES :
– Mr. le Chef B.S.T. STRASBOURG
– Mr. le Chef B.S.T. MULHOUSE
– Archives
– Chrono.

CHAPITRE XIX

LA LIGNE INVISIBLE

Nous progressions en file indienne vers le village de Pupillin. La nuit était tombée complètement. La température chutait, et les flocons tourbillonnants se changeaient en une vraie neige qui tenait au sol. On se rapprochait d'une maison où brillait de la lumière en dépit de l'interdiction. Je marchais depuis à peine une demi-heure après avoir quitté la ferme, et déjà je me sentais fatiguée, avec cette montée pénible dans les coteaux. Mes chevilles me faisaient souffrir, ma tête tournait un peu, j'avais le souffle court et la gorge sèche. Je perçus des voix en provenance de la bâtisse éclairée. Des voix allemandes. Qui chantaient *Lili Marleen*.

Souvent je les avais reprises en chœur, ces paroles, à Stuttgart ou même avant… *Vor der Kaserne, / vor dem grossen Tor, / stand eine Laterne / und steht sie noch davor*… Elles n'avaient rien de menaçant en ce temps-là, c'était juste une chanson d'amour de soldat, triste et mélancolique. Les Juifs dans la file devant moi se sont arrêtés net.

André a chuchoté :

« Vous en faites pas, la patrouille est entrée à la cave Petit, le vigneron les fait boire. Qu'on les entende bien beugler et se soûler. Pendant que nous on passe tranquilles… »

Il a ordonné aux femmes de bâillonner les enfants. Des chiens ont commencé d'aboyer. Cela semblait venir de la maison où s'enivraient les Allemands. Nous avons dévalé un talus pour traverser le vignoble. Les hommes juifs devant, suivis de leurs épouses et des gosses, puis Cat et moi, et les évadés du stalag qui fermaient la marche. Le système – m'avait-on expliqué au cours du repas – de la meute de loups, les individus les plus solides forment l'arrière-garde. C'était un moment dangereux car nous étions à découvert. Tout le monde trottinait, le dos voûté, tandis que derrière nous les bêtes aboyaient toujours. Je m'attendais à ce que les douaniers sortent, alertés. Que des cris retentissent, que les détonations claquent comme celles qui m'avaient tenue éveillée dans la chambre au collège d'Arbois. Mais cette fois ce serait tout près. Le passeur nous pressait, courant en silence sur le flanc de la colonne et nous balançant des bourrades. Son souffle était lourd, ses brodequins crissaient en foulant la neige, tandis qu'il me semblait entendre gémir les enfants malgré leurs bâillons. Et la panique des mères se communiquait à moi.

Nous étions trop nombreux, me disais-je, c'était une folie que de vouloir passer en groupe de quinze ! Ces femmes et ces petits n'avaient clairement aucune expérience d'une telle tentative, dans de pareilles conditions, pendant une tempête de neige et sur un terrain irrégulier, par des températures inférieures à zéro… Moi-même je n'avais rien vécu d'équivalent depuis mon enfance à Wittelsheim. Je me rappelai un retour périlleux d'école buissonnière avec d'autres enfants. Les risques pris jadis étaient sans doute moindres, mais cette peur qui nouait le ventre à présent je la retrouvais. L'angoisse de connaître mes dernières heures, la conviction désespérante que plus jamais je ne reverrais mes parents ou mon fils ; tout cela parce que nous avions fait une grosse bêtise. S'aventurer et se perdre dans la neige et le froid. Pour toujours.

Louis m'entraînait par la main, qu'il n'avait pas lâchée un seul instant. On arrivait au bout des vignes, la masse sombre des arbres se profilait dans la brume. Les paroles de *Lili Marleen* ne nous parvenaient plus que par bribes et les aboiements se confondaient avec le sifflement du vent, les oscillations des branches agitées par la tempête. Nous franchissions un dernier espace dénudé entre le vignoble et la lisière du bois, laissant dans la blancheur les traces de nos pas que la neige fraîche bientôt recouvrirait. Le sol était en pente ; je trébuchais dans la montée, ma valise trop lourde me ralentissait, devant moi les petits Juifs peinaient et j'avais pitié d'eux. L'homme à la canadienne murmurait, ou grognait, des encouragements. Je le devinais inquiet. Redoutait-il de tomber sur une autre patrouille, ou simplement de s'égarer, la nuit dans ce blizzard qui effaçait les repères et noyait tout ? Si le passeur lui-même se mettait à douter, je pressentais une catastrophe. Je cherchai à me rassurer dans l'attitude de Cat, mais lui aussi paraissait tendu, ses doigts crochaient nerveusement les miens. Il se hâtait et j'avais du mal à suivre. La température baissait davantage, les branches des arbres visibles dans la lueur des clairières se couvraient de cristaux, mes pieds étaient gelés. Le terrain se mit à descendre. Le passeur souffla que bientôt il nous faudrait franchir un ruisseau.

C'est alors que nous rencontrâmes les sangliers.

Ils sont apparus de nulle part, énormes, fonçant vers nous. Je n'eus le temps de distinguer que deux formes noires, chacune coiffée d'une paire de petites oreilles dressées. Leurs groins tartinés de neige faisaient des taches pâles, insolites, au milieu de ces deux monticules au poil brun qui cavalaient sur notre groupe et, soulevant des gerbes poudreuses, coupèrent la colonne. Une femme poussa un cri. Dans mon dos un évadé se mit à jurer. J'ai dû tomber car Louis me relevait. Je n'étais pas blessée. Déjà la cavalcade des bêtes s'éloignait, repartait dans les profondeurs du bois. Je tâtonnais, tâchant de me repérer, encore choquée. Je récupérai ma valise. Cat me palpa, puis me reprit par la main, chuchotant : « Ça va aller, ma chérie… » Les militaires semblaient toujours là. Et une femme, quelques mètres devant moi, geignait. Je ne voyais plus les enfants. Nulle trace du passeur, envolé lui aussi. Un des évadés marocains vint se pencher sur la Juive à terre. Elle sanglotait, se plaignait de sa jambe. Le soldat, après un rapide examen, grogna que celle-ci était probablement cassée. La blessée était incapable de se relever. De plus, elle avait perdu une chaussure.

Les autres, après un bref conciliabule, décidèrent de porter la femme. Cat m'attira un peu à l'écart.

« On se tire. »

Je fus très étonnée.

« Mais oui, poursuivit-il. À deux, nous avons de meilleures chances de franchir la ligne. Le passeur, lui, a déjà mis les bouts, par frousse ou parce qu'il comptait nous doubler et nous vendre aux Boches pour toucher la prime. Dans ce cas, il peut y avoir une seconde patrouille pas loin, en embuscade. Les troufions évadés ne sont pas du coin, et la youpine va les retarder encore plus. D'ici que les chiens-loups reviennent flairer la trace… »

Abandonner nos compagnons, et cette malheureuse, me semblait injuste. Mais Louis savait que les chiens me terrorisaient. Enfant, en Alsace, j'ai été mordue au visage par un berger allemand. J'en garde une cicatrice à la lèvre inférieure – un inspecteur l'a d'ailleurs noté lors de l'examen, quand on m'a photographiée dans vos bureaux de la Surveillance du territoire. Il suffit qu'un molosse aboie après moi pour que je me mette à trembler. Je hochai la tête. Après tout, ces gens, je ne les connaissais pas… Les Juifs, par exemple, m'auraient-ils portée si je m'étais fracturé la jambe ? Rien n'était moins sûr. Je vous l'ai dit, monsieur le commissaire, en ce temps-là je n'aimais pas cette race. Une majorité de Français s'en méfiait comme moi, d'ailleurs. Ce fait est certainement regrettable – on a vu plus tard quelles ont été les conséquences – mais c'est un fait.

Nous voyant nous éloigner, l'un des évadés appela. Mon compagnon me tirait par la main et força l'allure. J'entendis, assez loin derrière nous : « Lâches ! », et : « Salauds ! »

Cat se dépêchait. Il avait peur des Marocains.

Un soldat nous a couru après, semblait-il, mais nous l'avons perdu dans la tourmente.

Plus loin, mon compagnon s'arrêta, posa sa valise et sortit une lampe de poche, dont il étouffa le faisceau avec sa main. La lueur lui servit à examiner le cadran d'une petite boussole, que je reconnaissais car il me l'avait montrée un jour, il la gardait depuis ses débuts de pilote dans l'armée française. Il nota la direction du sud, éteignit la lampe, me reprit le bras, ainsi que son bagage. On ne distinguait plus aucun bruit derrière nous du côté de la Juive et des évadés. Nous poursuivîmes notre progression épuisante dans la neige, sous les grands arbres. Le terrain remontait, redescendait, mes pieds gelés butaient sur des racines, Louis me soutenait. À un moment je perçus des hurlements, « *Halt !* », des cris et une série de coups de feu. La neige tombait toujours. Tout était assourdi, on ne savait si ces bruits étaient lointains ou proches, ni de quelle direction ils venaient exactement. Mon ami me poussa vers des fourrés, précipitamment nous nous sommes serrés sous la broussaille, nous pelotonnant l'un contre l'autre. Je grelottais de peur et de froid. Il me sembla que des gens venaient de notre côté. J'entendais des cliquetis d'armes. Le faisceau d'une lampe balaya les troncs au-dessus de moi. Des hommes, de plus en plus près, échangeaient des mots brefs en allemand. Je comprenais qu'ils cherchaient « les autres ». Nous, peut-être. Grelottante de terreur, je désirais m'enfoncer dans le sol, m'intégrer à cette terre humide, disparaître sous la végétation pour leur échapper. Je me griffai les poignets pour ne pas crier, ne pas sangloter, ne pas céder à la panique. La main de Cat me tenait fermement, pressant sur mon cou. La neige glacée me brûlait la figure, mêlée de brindilles et de feuilles en décomposition. Cela sentait l'humus et la pourriture. J'avais un goût ferrugineux dans la bouche, je m'étais mordue. J'espérais qu'on ne remarquerait pas les valises, étaient-elles suffisamment à l'abri sous les branchages ? Mes cuisses se mouillèrent, d'un liquide tiède. Je compris – voyez, je ne vous cache rien – que ma vessie s'était relâchée. L'odeur d'urine se joignit à celle de l'humus et de la neige. Le temps passait. Les hommes de la patrouille s'éloignaient, à la fin on n'entendait plus rien que le vent. Nous patientâmes encore une quinzaine de minutes avant de nous relever, et de reprendre notre progression furtive dans la direction indiquée par la boussole.

Peu après, nous atteignions le premier ruisseau. L'eau coulait vite, avec un bruit qui en d'autres circonstances eût été plaisant aux oreilles. J'ai toujours aimé écouter les ruisseaux, cascades, ou rivières de montagne ; et en observer, de longues minutes, le cours rapide et glacé bouillonnant d'écume. Cette nuit je le discernais mal mais il me paraissait beaucoup trop large. Et peut-être profond. Louis me fit poser mon bagage, se débarrassa du sien, s'accroupit pour me charger sur ses épaules. L'eau lui monta à mi-cuisse, et trempait mes pieds. Elle était glaciale, le courant, très fort, nous faisait vaciller. Lorsque je fus de l'autre côté, Cat retourna chercher les valises. Nous gravîmes le versant opposé, sous les tourbillons de neige, nos souliers dérapant sur la pente raide. De temps à autre les bourrasques semblaient porter avec elles des aboiements. Mais il n'y eut plus de coups tirés par les gardes. Je marchais, accrochée à mon compagnon, et ne sentais plus mes pieds. Un deuxième ruisseau fut franchi de la même manière que le précédent. Plus tard je tombai sur les genoux et suppliai Louis de laisser les valises, ou du moins la mienne. Elle était trop lourde, je n'y parviendrais jamais. Cette nuit et cette forêt n'en finissaient pas. J'allais mourir ici. Il me dit de me tenir à son bras, et porta lui-même mon bagage d'une main et le sien de l'autre. J'avançais sans plus penser à rien. Les larmes gelaient sur mes joues. Le vent forcissait. Puis il me sembla que nous avions quitté le couvert des arbres.

Une plaine blafarde s'étalait devant nos yeux, se perdait dans le brouillard et se confondait avec le ciel, qui continuait de semer ses flocons sur le décor hivernal où le tapis neigeux réverbérait une faible lumière. Nous apercevions des rouleaux de fil de fer barbelé. Était-ce la ligne ? On ne l'avait donc pas encore passée ?

« Ce doit être l'ancienne ligne, murmura Cat. Le tracé établi en 1940. »

Je ne comprenais pas.

« Tu veux dire qu'on est toujours en zone interdite ? »

Il secoua la tête négativement.

« Ça m'étonnerait. Mais les gardes peuvent venir jusqu'ici, ils patrouillent des deux côtés à leur guise. Vu que c'est l'Allemagne qui a gagné la guerre… »

En approchant, on constatait que la barrière de ronces artificielles était endommagée, les fils écartés. Il ne semblait pas difficile de se glisser au travers. Je n'avais qu'une crainte : que les gardes, embusqués à la lisière de la forêt d'Arbois, ne surveillent à travers leurs jumelles ce secteur découvert, avec l'intention de nous tirer comme des lapins. Je progressais courbée, la tête rentrée, avec la terreur de la balle et du coup de feu qui allait claquer d'un instant à l'autre. Mais il n'y avait pas de détonation. Rien que la nature figée dans le froid et les gémissements du vent. Louis ne parlait plus. Nos chevilles s'enfonçaient dans la neige molle. Les valises traînaient sur elle, y creusant des sillons éphémères. Vus du lointain des bois, dans cette immensité ouatée et floue, Cat et moi étions un couple de voyageurs perdus se déplaçant tels deux points minuscules, avec une lenteur infinie. La ligne au milieu de tout ce blanc était invisible. La liberté se trouvait-elle devant nous, ou derrière nous ? Qui pouvait le dire ? Les flocons picoraient mes joues, fondaient sur ma langue. Il n'existait plus de repère ni de certitude, tout se ressemblait. Nous avions disparu dans la blancheur.

DEUXIÈME PARTIE

TRACES

RÉPUBLIQUE FRANÇAISE
Ministère de l'Intérieur
Direction Générale de la Sûreté Nationale

Commissariat de Police, ARBOIS (Jura)
Arbois le 31 juillet 1947
    R A P P O R T
    L'inspecteur BOUILLERET Bernard
    à Monsieur le Commissaire
    Objet : demandes de renseignements complé-
mentaires
    Aff. C.../ BOCKERT Aline,

    Pour faire suite à la nouvelle demande de
renseignements ci-jointe, émanant de Monsieur
CHAUMONT Féréol, inspecteur O.P.J. à la Brigade de
Surveillance du Territoire, secteur de STRASBOURG,
et concernant l'activité ou les plaintes relevées
contre la nommée <u>BOCKERT</u> ou <u>BEAUCAIRE</u> Aline,
née le 5 février 1916 à Lucerne (Suisse), j'ai l'hon-
neur de porter à votre connaissance ce qui suit :
    Poursuivant mon enquête, je me suis rendu à
POLIGNY (Jura) afin de savoir si <u>Aline BOCKERT</u> <u>ou</u>

BEAUCAIRE et CAT Louis auraient été vus dans la localité ou ses environs après avoir quitté ARBOIS le 7 ou le 8 mars 1942. Le bourg de POLIGNY, ancienne sous-préfecture, situé en zone non occupée, a été jusqu'en novembre 1942 et au-delà, en raison de l'afflux considérable de réfugiés dès après l'armistice, un des principaux lieux d'organisation du passage clandestin de la ligne nord-est du Jura, sur l'axe diagonal DOLE-CHAMPAGNOLE (zone interdite). Le village occupé de PUPILLIN, à la sortie sud d'ARBOIS, servait de point de relais et abritait de nombreux passeurs, cependant aucun de ceux que j'ai interrogés, que ce soit à PUPILLIN, ARBOIS ou POLIGNY, ne se souvient d'avoir convoyé à cette période un couple d'individus répondant à la description d'Aline BOCKERT OU BEAUCAIRE et de CAT Louis.

Sur avis de la gendarmerie je me suis rendu au café MAUROZ, 7, Grande-Rue à POLIGNY, où j'ai interrogé Mme MAUROZ Germaine, qui a déclaré :

"Il y a eu un passage de ligne à moitié raté la nuit du 7 au 8 mars 1942. Un groupe d'environ dix-huit personnes s'est perdu dans la neige. Je me rappelle que des soldats évadés sont arrivés avec une femme qui s'était cassé la jambe. Le passeur, Dédé (André) Bourgeat, a rejoint le café de son côté puis il est reparti à la recherche des disparus. Il n'a trouvé personne. Je me rappelle bien, parce que la semaine suivante il a été arrêté par des agents de la Gestapo venus à POLIGNY. Ce passeur n'est pas rentré de déportation. On a entendu que les douaniers avaient arrêté des gens cette nuit-là où il neigeait beaucoup et où il y avait du brouillard. Parmi les prisonniers qui ont réussi à franchir la ligne le 8 mars se trouvaient des Marocains. Ils ont affirmé qu'un de leurs camarades faisait partie des disparus. L'un de ces soldats que j'avais vus en 1942 est repassé chez moi après la guerre, ayant rejoint son régiment suite à son évasion il s'était battu en Italie, en Haute-Alsace et en Allemagne. Il recherchait toujours son camarade."

Mme MAUROZ a tenu pendant ces années un registre des passages de clandestins dans son établissement, avec la date d'arrivée, les nom et prénom, la date de naissance et, le cas échéant, le régiment, le matricule et le camp d'origine. J'ai pu consulter cette liste pour le 8.3.1942, où j'ai noté six noms :

BEN ABDELLAH, Morsab, né en 1914 à TAZA (Maroc), 1re classe, 14e R.T.A., matricule 1288, stalag 5 C.

BEN BRAHIM, Larbi, né en 1912 au Maroc, 2e classe, 6e R.T.M., matricule 3807, stalag 5 C.

BEN MOHAMED, Hassen, né en 1918 à BRANS (Maroc), 2e classe, 4e R.T.M., matricule inconnu, stalag 5 C.

BEN TAÏEB, Mohamed, né le ?.6.1906 au Maroc, sergent-chef, 4e R.T., matricule 1539, stalag 5 C.

NOGUÈS, Eugène, né le 12.11.1903 à MONTAUBAN, 2e classe, 2e génie, matricule 499, stalag 5 C.

MEIJER, Matilda, née le 25.7.1906 à ALKMAAR (Pays-Bas).

À ce dernier nom était ajouté, d'une écriture différente : "Familles disparues, MEIJER, LEIDEKKER, HERZBERG. Neuf personnes dont trois enfants."

Questionnée à propos du sort de Mme MEIJER après ces événements, Mme MAUROZ m'a répondu qu'elle pensait que cette réfugiée hollandaise avait été transportée à l'hôpital de LONS-LE-SAUNIER.

Mme MAUROZ ne se rappelle pas si des personnes répondant aux noms ou à la description de Aline BOCKERT OU BEAUCAIRE et CAT Louis ont pu venir ce jour-là dans son établissement, ni si les personnes sus-mentionnées notées dans son registre, qui venaient de franchir la ligne depuis la zone interdite, lui ont parlé de ces deux individus.

Le témoin MAUROZ, ainsi que la gendarmerie de POLIGNY, est d'avis que les membres disparus du groupe ont été arrêtés par les douaniers allemands. Si certains d'entre eux ont été abattus, ce qui est possible car le passeur BOURGEAT a dit avoir entendu des coups de feu, les Allemands auront emporté les corps. Il n'y a pas eu de cadavre découvert dans le bois de PUPILLIN ou la forêt d'ARBOIS à cette période.

Je puis enquêter au sujet de MEIJER Matilda auprès de l'hôpital de LONS-LE-SAUNIER au cas où la B.S.T. de STRASBOURG le juge utile. Pour ce qui est des militaires français et marocains évadés, la Direction de la Surveillance du Territoire est mieux placée que moi pour conduire ses investigations, si elle le juge utile, auprès du Ministère de la Guerre.

L'inspecteur
[signé :] Bernard Bouilleret

Vu et transmis à Monsieur l'Inspecteur
O.P.J. CHAUMONT
Direction de la Surveillance du Territoire
Secteur de STRASBOURG
Le Commissaire de Police
[signé :] Célestin Courvil

CHAPITRE XXI

MIRAGE

Nous ne sommes restés que quelques heures à Poligny, le temps de nous restaurer et d'attendre le prochain car en direction de Lons-le-Saunier, qui partait vers dix heures du matin. Louis paraissait vouloir éviter le café dont le passeur nous avait donné l'adresse. Nous nous rendîmes de préférence au centre d'accueil installé dans l'ancienne cantine de l'école de filles, où l'on nous servit de la soupe et des boissons chaudes. Cat m'abandonna un moment pour aller voir quelqu'un à l'hôtel Dalloz ; il me confia sa valise et revint au bout d'une heure environ, avec une expression préoccupée. Je l'interrogeai mais il ne répondit pas à mes questions. J'avais de la fièvre, je craignais d'avoir attrapé une bronchite, cette nuit terrible dans l'humidité et le froid glacial. Il faisait froid également dans l'autocar à gazogène parcouru de courants d'air, tandis que nous traversions la campagne enneigée, en direction du sud, sous un ciel lourd et gris. J'avais encore du mal à me convaincre que nous étions en zone libre. Je fus soulagée lorsque nous atteignîmes la gare SNCF de Lons-le-Saunier, où Louis acheta deux billets de train pour Marseille. Le compartiment était chauffé en plus d'être bondé et je m'endormis bientôt, la tête contre l'épaule de mon compagnon. Lorsque j'ouvris les yeux, nous avions quitté le Jura et, dehors, le soleil brillait.

Ce voyage nous a pris deux jours, avec des haltes et des changements de train – que les voyageurs prenaient d'assaut, craignant de ne pas trouver de place –, par Bourg-en-Bresse, Lyon, Valence, Avignon, Nîmes. Parfois le convoi lent et malodorant s'arrêtait en rase campagne, sans que l'on sût pourquoi ni quand il se remettrait en marche. Aux stations, des gens étaient obligés de grimper ou de sortir par les fenêtres tellement il y avait de monde. Des passagers dormaient allongés dans les couloirs, d'autres se serraient dans les cabinets, ce qui empêchait leur utilisation normale. Tout paraissait encore assez désorganisé. Mais l'on finissait toujours par repartir. Le paysage se transformait à mesure, je voyais les maisons se garnir de toits de tuiles orangées qui m'ont rappelé mon adolescence, le temps où je suivais mes parents réfugiés de département en département, à travers le sud-est du pays. Le Midi où mon amant et moi arrivions en ce début mars paraissait jouir d'un printemps précoce. Le ciel était lumineux et le long des routes les hommes grimpaient aux platanes pour tailler les pousses, emporter chez eux des fagots qui le soir serviraient à allumer les derniers feux de l'hiver. Les paysans émondaient joyeusement les arbres. En les observant, j'avais envie de fredonner des chansons gaies, des chansons d'amour. Cat peu à peu retrouvait la bonne humeur que je lui connaissais d'habitude. La région de Marseille lui était familière car il avait été sergent pilote sur une base militaire d'Aix-en-Provence. Il avait gardé des relations là-bas, grâce auxquelles il ne doutait pas de trouver rapidement « un coin sympathique où nous installer ». Nous sommes descendus du train à la gare Saint-Charles le 11 mars 1942 au matin – cela fait plus de cinq ans à présent. J'étais à Marseille, la plus grande ville de la zone libre ! Tandis que la foule des voyageurs se répandait hors de la gare, depuis la terrasse en haut de l'escalier monumental où soufflait un vent violent qui me surprit, j'apercevais le boulevard d'Athènes, le boulevard Dugommier ; bientôt nous déambulerions sur la célèbre Canebière. Les automobiles étaient peu nombreuses, les gens se promenaient au milieu des rues avec insouciance. Les terrasses des cafés débordaient de consommateurs. Un gosse qui nous avait accostés à la sortie du quai portait nos bagages pour quelques pièces. J'entendais au loin klaxonner des trolleybus, siffler des agents de police réglant la maigre circulation. Cette ville me paraissait vaste et sale. Le temps était humide et doux en dépit des rafales de vent, presque chaud même, par rapport à ce que j'avais connu les semaines précédentes. La première nuit, ayant trouvé une chambre avec un lit double – un énorme lit aux barreaux de cuivre –, nous la passâmes au cinquième étage d'un petit hôtel près du Pharo, au coin de la rue de Suez, par laquelle on pouvait gagner l'anse des Catalans et la promenade de la Corniche. Sur la plage de l'anse, des baigneurs se doraient déjà au soleil. Les mimosas et les fuchsias fleurissaient aux murs des jardins, le vent caressait ma peau, la mer scintillait immense et bleue… Je n'étais pas déçue malgré la modestie de l'établissement, cet hôtel de Suez où nous avions posé nos valises. La chambre coûtait trente francs par jour, un prix excessif pour ce que c'était, mais les hôteliers marseillais avaient pris l'habitude de majorer outrageusement leurs tarifs, profitant de la loi de l'offre et de la demande. En ville, la plupart des hôtels et des meublés ou des pensions de famille affichaient complet à cause de l'afflux de réfugiés, une situation qui, m'expliqua Louis, durait depuis

1940. Il aurait voulu me payer une chambre de luxe au Splendide, au Noailles, au Beauvau, au Napoléon... et se plaignait du nombre de Juifs qui avaient envahi Marseille et la Côte d'Azur. Certes, pareille conversation aurait dû me choquer mais j'étais aveuglée par mon amour. Cat ressassait, les israélites semblaient une obsession chez lui :

« Tu verras, inutile d'essayer de manger dans un restaurant sans en avoir à ta droite, à ta gauche, devant, derrière. Tout Marseille est plein et plein de Juifs, qui, autant qu'ils le peuvent, s'empiffrent effrontément. Tu n'as pas déjà remarqué en arrivant de la gare ? Ils suintent de tous les murs, guettent à tous les coins, fureteurs et baragouineurs... »

Voilà ce qu'il me répétait ce soir-là, mais je ne songeais qu'à notre départ prochain pour l'Algérie. D'ailleurs, pourquoi attendre ? « Eh bien, me répondit-il, des formalités sont nécessaires... » Papiers, sauf-conduits, aide aux réfugiés, et ainsi de suite. On ne s'embarquait pas comme ça. Alors, dès le lendemain, sur ses instructions, j'allai demander en premier lieu une carte d'identité au commissariat du septième arrondissement. Je m'était fait tirer un portrait photo pour dix francs dans un magasin de la rue Saint-Ferréol. Louis de son côté est parti voir des amis, dont l'un, locataire d'un appartement dans une grande bastide de la commune de Bouc-Bel-Air, sur la route d'Aix, a consenti à nous le prêter, le temps que nous débrouillions notre situation et puissions acheter des billets pour Alger. Je fus soulagée de quitter aussi vite l'établissement miteux de la rue de Suez, dans les couloirs duquel on croisait des Arabes et des Grecs aux allures de maquereaux. La maison où l'on nous invitait s'appelait « la Cortésine » et était située dans le quartier de la Mounine. Nous sommes allés en voiture visiter avec cet ami, que Cat me présenta comme Lucien Porteur ou le « petit Lulu » (plus tard j'ai su que ce n'étaient pas ses vrais nom et prénom). On le surnommait aussi « Lulu le Parisien », bien qu'il soit originaire du Pas-de-Calais. En tout cas il n'avait pas l'accent méridional. Cet individu courtaud s'habillait de façon voyante, et jouissait d'un permis de circulation valable quotidiennement et ce pour toutes les Bouches-du-Rhône, l'autorisant à franchir l'octroi et les limites de la ville. Le fait aurait dû me mettre la puce à l'oreille : un tel permis n'était accordé que rarement, et plutôt aux policiers ou aux membres allemands ou italiens des commissions d'armistice. Même les taxis n'avaient pas le droit de sortir de Marseille…

Enfin, ce n'était pas encore l'Algérie, mais pour moi cela y ressemblait déjà. Une bâtisse imposante de trois étages flanquée d'une tour délabrée, aux murs d'un jaune fané dont le crépi s'écaillait et aux volets verts fermés pour conserver la fraîcheur nocturne, entourée de palmiers et de pins parasols. Elle avait appartenu à un ancien consul de France en Orient, mort dans les années vingt, à présent les étages étaient divisés en appartements loués par le diocèse, à qui ce domaine avait été légué par les anciens propriétaires. Le paysage alentour était resté sauvage, de la vigne couvrait des parcelles à flanc de colline, j'apercevais des troupeaux de chèvres et de moutons. On arrivait au centre du bourg par des chemins de terre. Mon rêve, monsieur le commissaire, ne commençait-il pas à s'exaucer ? Mettez-vous à ma place : lorsque je me suis attelée à tout nettoyer et m'occuper du ménage, ce n'était plus pour le service de clients anonymes des chambres d'hôtel, le Rapp ou tant d'autres. C'était pour faire resplendir notre joli petit nid à tous deux ! En quittant ma famille, j'avais décidé de ma vie, j'étais libre… Et ces histoires d'école d'espionnage à Stuttgart, je voulais les oublier. Cela ne me concernait pas. J'espérais que mon compagnon lui aussi n'avait plus rien à voir avec ce monde louche. Mais comme vous le savez, je me trompais !

Il me restait deux ou trois semaines de bonheur réel avant de le découvrir.

HAUTE COUTURE

D.G.E.R.
BUREAU
de
DOCUMENTATION 08
772/8/7

DIJON le 13 Février 1946

R E N S E I G N E M E N T S

I – <u>*RENSEIGNEMENTS D'ARCHIVES*</u>
A L I N E –
S.R.A.
Signalement : taille 1m67 – type mannequin – bien faite – corps très souple – nez assez long – un peu aplati – cheveux blonds platine – taches de rousseur apparentes sur le visage – yeux gris bruns.

II – <u>*RENSEIGNEMENTS PROPREMENT DITS*</u>
<u>*Source*</u> *: Mme REYT – Haute Couture à BELFORT.*

16 Faubourg des Ancêtres.
Melle COLLY *Marie-Thérèse*
Employée chez Mme REYT.

– *Mademoiselle* ALINE *était une cliente de Madame* REYT.

– *C'est une allemande [sic] ou se faisant passer pour telle.*

– *Cependant parle très bien l'alsacien, parle admirablement le français avec toutefois un léger accent alsacien.*

– *Habitait* PARIS *avant la guerre où elle était reçue dans les milieux officiels militaires (généraux). Se vantait d'être reçue dans la Haute Société, d'avoir les plus belles relations mondaines.*

– *A été arrêtée en 1939 par les Services Français. A été internée et relâchée au moment de la débâcle.*

– *Est venue à* BELFORT *en Août 1944 où elle devait s'installer.*

– *Était toujours accompagnée des officiers de la Gestapo. Fréquentait assidûment les miliciens.*

– *Elle se faisait coiffer au salon de "*PARIS*", 26, Fg des Ancêtres à* BELFORT *où la propriétaire pourrait donner des renseignements.*

– *Elle dépensait beaucoup d'argent et recherchait notamment des manteaux de fourrure à n'importe quel prix. Elle a acheté plusieurs manteaux de renard chez* JEHLEN 17, *Fg de France à* BELFORT. *C'est un officier allemand qui est venu prendre livraison de sa dernière acquisition, le mercredi soir précédent [sic] la prise de* BELFORT.

– *Très connue chez tous les commerçants de* BELFORT *(chez* TOUVET, *lingerie, 18, Fg de France, etc.). A fait de nombreuses visites chez* TOUVET *où elle effectuait des achats considérables.*

– *Accompagnée toujours de plusieurs femmes, notamment la dernière fois qu'elle a été vue, huit jours avant l'arrivée des français [sic], était accompagnée d'une jeune femme, genre étudiante (dents proéminentes, figure aplatie, jambes courtes, gros mollets, petite taille, laide). Solide instruction. Cette dernière a déclaré que sa famille séjournait à* MULHOUSE *actuellement, réfugiée du Nord. Son père aurait été fusillé par les Allemands.*

– *Ont dû rejoindre* MULHOUSE *avant l'arrivée de notre [sic] troupes, car elles avaient annoncé à M.* JEHLEN *leur départ imminent pour* MULHOUSE.

[Ajouté au crayon rouge :] *Que le père de l'accompagnatrice de Aline* BOCKERT *ou* BEAUCAIRE *ait été fusillé par les Allemands paraît douteux. Dans ce cas pourquoi fuir vers l'Est devant l'armée française ? Cela ressemble à deux collabos pressées de disparaître. L'individu en question a peut-être été simplement fusillé par nos patriotes.*

III – <u>DESIDERATA</u>
    Enquête.

CHAPITRE XXIII

UNE AQUARELLE
SUR LE VIEUX-PORT

Cat avait entrepris des démarches de son côté, pendant que je m'occupais pour moi-même des formalités de mon voyage. Il fallut me rendre au service des sauf-conduits, boulevard de Louvain, au commissariat spécial à la Joliette, et au service des Alsaciens-Lorrains réfugiés, boulevard de la Paix.

En plus des queues devant les commerces d'alimentation – chose que l'on pouvait voir dans les villes françaises quelle que fût la zone –, Marseille était envahie de longues files d'attente devant des bureaux, des administrations, des compagnies de navigation, des agences de voyages, des consulats, des centres de secours aux réfugiés, et naturellement la préfecture, pour les visas de sortie. Je m'y suis donc mise à mon tour, patientant des heures durant, tantôt au soleil, tantôt sous la pluie et dans les courants d'air, parmi de pauvres gens de tous âges, de tous pays et de toutes origines, dépaysés, anxieux, obsédés par la hâte de s'échapper de cette France où ils se voyaient pris au piège. Eux, j'ai fini par le comprendre, fuyaient pour leur vie et celle de leurs proches, moi c'était simplement pour l'amour et je me sentis presque honteuse. On y rencontrait des vieux, des malades, certains avaient été parqués dans des camps de concentration[1], gardés par les gendarmes français, en zone occupée ou en zone libre – il s'en trouvait un pas loin, appris-je, le camp des Milles, du côté d'Aix –, et ils avaient eu la chance d'être libérés ou de s'évader. Les conversations s'engageaient facilement, dans ces files où les gens attendaient pour un visa de transit, une place, même à fond de cale, sur l'un des rares paquebots à partir, une aide quelconque venant d'un organisme charitable ou d'une association de secours d'urgence. Lorsque l'un d'entre eux réapparaissait du bureau avec un visa, on le regardait comme un phénomène, comme un miraculé. Beaucoup des infortunés autour de moi étaient juifs. Les histoires qu'ils racontaient étaient épouvantables, j'eus de la peine à y croire au début, puis peu à peu j'en arrivai à me dire que Cat se trompait à leur sujet, qu'on les traitait injustement et qu'il n'y avait pas que des trafiquants, des escrocs et des margoulins parmi cette race. Les profiteurs me paraissaient plutôt, à ce que je comprenais de tous leurs récits, les intermédiaires louches qui exigeaient de fortes sommes en échange de promesses : d'un document signé et tamponné, vrai ou faux, d'un embarquement nocturne sur un yacht ou un bateau de pêche quittant discrètement les bassins du port, d'une filière d'évasion par les Pyrénées ou vers le Maroc… Certaines agences exigeaient des acomptes, prenaient des arrhes qu'on leur versait avec joie, frémissant d'espoir. Ceux qui croyaient à toutes ces belles paroles disparaissaient, on attendait de leurs

1. Appellation courante à l'époque, pour désigner les camps d'internement de la République puis de l'État français, où les étrangers détenus arbitrairement vivaient dans des conditions souvent effroyables, à commencer par les réfugiés républicains espagnols depuis 1939.

nouvelles, peut-être étaient-ils parvenus à bon port, allez savoir. Mais on en avait vu revenir menottés et la tête basse, conduits par des agents français jusqu'à l'Évêché, le commissariat principal de Marseille. Toutefois, le plus terrifiant, c'était ce qu'ils nommaient les rafles.

La première à laquelle j'assistai eut lieu trois ou quatre jours après notre arrivée. Des autocars stationnaient aux coins des rues, entourés de gardes mobiles casqués, le fusil à la bretelle. Des gendarmes sortaient des maisons en poussant ou tenant par le bras des hommes, des femmes, des vieillards. On les forçait brutalement à monter dans les véhicules. Des inspecteurs en civil observaient la scène, l'un d'eux m'a demandé mes papiers. J'avais la carte d'identité que je venais de retirer au commissariat du septième. L'adresse, donnée par précaution, sur le conseil de Louis, était celle de l'hôtel de Suez. L'inspecteur a commenté que mon document lui semblait un peu trop neuf pour être honnête.

« J'ai perdu mon ancienne carte, bredouillai-je. Mais je suis en règle, j'ai payé l'amende réglementaire au commissariat pour me faire établir la nouvelle.

– Vous n'êtes pas d'ici ?

– Non, je viens d'arriver, avec mon fiancé démobilisé.

– Vous êtes juive, mademoiselle ?

– Pas du tout ! »

J'avais pris un air indigné. Il a ricané.

« Mais oui, on dit ça.

– C'est la vérité. Je suis née dans le Haut-Rhin.

– Parce qu'il n'y a pas de Juifs, en Alsace ?

– Si, mais… »

Le policier me fixait de ses petits yeux narquois. Ma confusion devait le combler d'aise.

« Allez, circulez. »

Il m'a tendu la carte. J'ai remercié et me suis éloignée, encore tremblante.

Cet incident se passait la veille de ma rencontre sur le Vieux-Port. Une rencontre qui devait rester davantage encore gravée dans ma mémoire.

Je revenais, le lendemain de la rafle donc, du commissariat de la Joliette où j'avais été pour des papiers. N'ayant rien à faire de précis ensuite, je comptais reprendre le tramway vers notre bastide du quartier de la Mounine, sur la ligne d'Aix – je descendrais à l'arrêt « Albertas », afin de me promener dans les jardins. Il faisait beau et avant de quitter la ville je décidai de longer le bassin du Vieux-Port, où j'espérais trouver un peu de poisson frais sur les étals, ou au moins, la pêche étant maigre, des oursins et des violets. Faire la cuisine pour Cat à Bouc-Bel-Air était un de mes plaisirs, lorsqu'il ne m'emmenait pas au restaurant ou aux cabarets-spectacles, la nuit à Marseille. Ce midi, je marchais tranquillement vers le quai des Belges, sous les regards des consommateurs aux terrasses. De temps à autre je me retournais, afin de contempler la carcasse élancée du pont transbordeur ou les formes géométriques des murailles de pierre rose pâle du fort Saint-Nicolas, qui paraissait mort sous le soleil, et du petit fort Saint-Jean qui lui faisait face. Je portais ma jolie robe de printemps en crêpe de rayonne, boutonnée au col, avec un corsage légèrement blousant, et des fronces autour de la taille que serrait une large ceinture noire, à boucle argentée. Le tissu de la robe était d'un rouge vermillon semé de pois blancs. Louis me l'avait achetée en Allemagne. On comptait beaucoup de belles femmes dans les cafés, mais je me sentais apte à rivaliser avec elles. Des gamins, quai Maréchal-Pétain (le nom, à l'époque, du quai du Port) devant les quartiers insalubres de la vieille ville, que l'on n'avait pas encore démolis, m'avaient sifflée au passage, l'air appréciatif. Et voilà qu'un petit homme m'accostait.

Il avait un carton sous le bras, une sacoche en cuir à l'épaule. Je notai son aspect sale, ses souliers éculés, sa chemise douteuse, ses yeux ronds et traqués. Et son nez crochu. Je me suis dit qu'il devait être juif. Il ressemblait à tant de ces réfugiés hagards côtoyés dernièrement dans les files d'attente.

« Mademoiselle... Accepteriez-vous de m'aider ? Vous êtes très charmante... »

Je m'arrêtai. En temps normal j'aurais poursuivi mon chemin sans répondre. Mais il était difficile d'ignorer ce curieux personnage. Son regard d'oiseau vous fixait avec autorité, dans ce visage décharné et jaune. Il parlait avec un accent étranger assez fort, allemand ou d'Europe centrale. J'ai souri brièvement.

« Merci, monsieur. Mais je suis pressée...

— Non, je ne crois pas. Je vous ai vue de loin, vous vous promenez dans Marseille. Il fait beau, vous avez raison. Mais écoutez-moi... »

Il avait posé la main, avec douceur mais fermeté, sur mon bras. Je décidai d'entendre ce qu'il avait de si urgent à me dire. Après tout je ne risquais rien. Des centaines d'individus arpentant le quai ou installés aux terrasses pouvaient nous voir, sous le soleil radieux de midi.

« Mon nom est "Robert Lerner". (Je ne suis pas entièrement sûre, mais il me semble bien, dans mes souvenirs, qu'il a prononcé ce nom.) Je suis allemand. Et peintre. Jadis j'ai lutté contre les nazis. Vous êtes française, n'est-ce pas ?

— Oui. Enfin, alsacienne. »

Il a paru inquiet. Toujours agité, il m'a demandé :

« Alors, vous comprenez l'allemand ?

– Naturellement. »

Passant à sa langue natale, l'homme a expliqué, très vite, à voix basse :

« Je suis évadé du camp du Vernet. Si les gendarmes me rattrapent, je suis mort. Ils me livreront aux nazis, à la Gestapo. Je vis caché à Marseille depuis trois semaines, j'espérais obtenir un visa pour l'Amérique. Je mange ce que je trouve au fond des poubelles. Chez moi dans mon pays j'étais célèbre et ici j'en suis réduit à fouiller parmi les détritus. Je suis un rat, je vais de cave en cave... Mais, il y a dans cette ville un comité de sauvegarde des intellectuels, organisé par un certain mister Fraille[1]. Le gouvernement français a expulsé cet homme l'an dernier mais ses associés sont toujours là. On m'a donné l'adresse, 18, boulevard Garibaldi. Tout près d'ici, j'en viens. Le Centre américain de secours, cela s'appelle. Derrière la porte j'entendais le bruit des machines à écrire, je frappe, je découvre un bureau décoré d'un grand drapeau américain, une enfilade de pièces spacieuses et claires, et des dames aux cheveux bleus, garnies de diamants, souriantes... »

Je ne pouvais m'empêcher d'écouter. Le ton de sa voix montait, avec l'énervement. Son allemand était très bon, distingué, cet artiste juif venait sans doute d'un milieu aisé. Il m'impressionnait en dépit de sa petite

1. *Sic*. Aline Beaucaire aura transcrit phonétiquement. Le jeune éditeur littéraire et journaliste antinazi Varian Fry (1907-1967), envoyé par l'*Emergency Rescue Committee* (ERC), a créé à Marseille avant son expulsion de France un organisme qui a permis d'organiser le départ de plus de 2 000 intellectuels, Juifs et résistants étrangers, et militaires anglais évadés ou pilotes de la RAF, entre août 1940 et juin 1942, date de la mise à sac du bureau par la police de Vichy.

taille, de sa maigreur, de son aspect négligé. Ce qui me troublait le plus, c'était sa peur manifeste. Il tremblait et bégayait.

« À l'une de ces femmes aux cheveux bleus, qui me souriait, j'ai déclaré : "Je suis un artiste et j'ai une recommandation pour qu'on s'occupe de moi…" Une autre dame – que je ne connaissais pas plus que la première – s'est approchée. "Ah, monsieur Lerner, quel plaisir de vous rencontrer !" Typique Américaine. C'était il y a une demi-heure, mademoiselle, à midi, tout le monde dans leurs locaux partait déjeuner. Elle m'a dit, sans cesser de sourire : "Mais, monsieur Lerner, nous n'avons aucune preuve que vous êtes un artiste." Je ne figurais pas sur leurs listes, vous comprenez…

– Vous n'aviez pas de tableaux à leur montrer ? »

Il a secoué la tête.

« Perdus. Tout… Les nazis maintenant ont dû les brûler. Mon art est "dégénéré", vous savez. Mais la dame a souri : "Ça ne fait rien. Vous n'avez qu'à descendre au port. Vous me faites une petite aquarelle et vous revenez à notre bureau cet après-midi. Je verrai bien si vous êtes un artiste. Et dans ce cas je vous verserai une *allowance*, une petite somme, afin de vous aider à tenir, monsieur Lerner, et puis nous étudierons des moyens pour que vous puissiez sortir du territoire…" »

Il pleurait presque.

« J'ai dit : "Chère madame, la Gestapo est en bas. Ils ont des agents partout dans cette ville. Aussi comment pensez-vous que je vais pouvoir faire ça ?…" Elle m'a répondu, en se levant pour partir manger : "Mais voyons, personne ne touchera à un artiste s'il est en train de faire une petite peinture…" »

J'ai regardé autour de nous. Tout me paraissait calme et normal, pour Marseille. Il y avait certes quelques policiers au loin, en uniforme, et des soldats français, mais ils ne nous prêtaient aucune attention et je n'apercevais personne qui ressemblât à un agent de la Gestapo… M. Lerner devait exagérer sous l'empire de la panique. Je ne comprenais pas ce que le peintre voulait de moi. De l'argent ? Ce devait être ça. Il mendiait dans les rues et racontait la même fable à tout le monde. Je lui ai dit que moi aussi, j'étais dans une situation difficile et que je ne pouvais l'aider. Il a secoué sa tête d'oiseau effarouché.

« Je ne veux pas de votre charité, mademoiselle ! Non, non ! Cependant, vous pouvez me rendre un grand service d'un autre ordre. Je suis allé demander du papier et des couleurs à un ami rencontré devant ce bistrot avec le nom bizarre, là-bas : Au Brûleur de Loups. Mais, essayer de reproduire des bateaux, des mâts, des filets de pêche… ça ne m'intéresse pas. J'en suis incapable. Moi je peins des femmes ! »

J'hésitais à comprendre. Personne ne m'avait jamais demandé une chose pareille.

« Si vous acceptez de poser, mademoiselle, je sais que mon aquarelle sera bonne. Sans une belle femme dans ma peinture, je n'aurai produit qu'une "croûte". L'Américaine aux cheveux bleus le verra bien et elle me mettra à la porte, toujours avec le sourire… Ces gens du Centre de secours s'y connaissent, il y en a qui ont étudié l'histoire de l'art, et ils s'intéressent aux vrais créateurs, pas aux médiocres – trop de monde vient les supplier dans ce bureau. Leurs fonds et leurs possibilités sont tout de même limités. Tout ça ne durera plus très longtemps. L'ambassade américaine à Vichy leur met des bâtons dans les roues, paraît-il, l'ambassadeur est pour Pétain. La Wehrmacht peut envahir la zone libre d'un jour à l'autre. Et ensuite les nazis me condamneront à mort ou m'expédieront dans un de leurs camps, encore pires que ceux des Français… »

Après tout, j'avais du temps devant moi, et poser n'engageait à rien, ce n'était pas non plus une des choses interdites par le Maréchal comme la musique populaire et les bals. D'autre part, je me souvenais d'avoir entendu parler de ce Centre américain lors de ma visite au bureau des Alsaciens-Lorrains réfugiés, car les deux organisations semblaient plus ou moins liées. J'ai donc acquiescé au petit Juif allemand, monsieur le commissaire. Cela me faisait plaisir, à dire vrai : j'étais flattée, et l'idée m'amusait, par cette belle matinée sur le Vieux-Port. De toute façon je suis toujours contente de rendre service.

« Vous… vous désirez qu'on aille dans votre atelier ? »

Il a ri, pour la première fois depuis le début de notre conversation.

« Mon atelier ? Je n'ai plus d'atelier, je vous l'ai dit, j'erre de cave en cave. Et de toute façon l'Américaine veut une aquarelle du port. Vous n'avez qu'à vous mettre devant les bateaux de plaisance. Ici la lumière ne manque pas. Ce ne sera pas long. Une vingtaine de minutes tout au plus. »

Je l'ai suivi vers le bord du quai. M. Lerner m'a indiqué un large panneau publicitaire ST. RAPHAËL – QUINQUINA, qui abritait l'entrée d'une vespasienne en béton. Il m'a dit de prendre la pose devant l'affiche. Lui-même s'est perché à califourchon sur un bollard, parmi les chaînes et les cordages. Je l'ai regardé ouvrir sa sacoche, en tirer une boîte d'aquarelle en fer-blanc, et une bouteille d'eau dont il a versé le contenu dans un godet. Il a posé le tout à ses pieds puis tiré une feuille de papier du carton à dessins, se servant de celui-ci comme d'une tablette. M. Lerner a commencé par esquisser, en me détaillant, à grands coups nerveux de crayon. J'avais une main sur la hanche et me tenais de trois quarts, essayant de m'identifier à Mireille Balin dans *Pépé le Moko*. Cela ne nécessitait guère d'efforts. Je rêvais aux hauteurs de la Casbah d'Alger, et que là-haut, dans le pêle-mêle lointain d'habitations blanches et de terrasses, m'attendait Jean Gabin, mon amoureux… ou bien Louis Cat. Une vague inquiétude me taraudait : lui et moi serions-nous encore amants, une fois la guerre finie, le jour où, comme l'actrice du film, je reprendrais le bateau pour la traversée de la Méditerranée vers la métropole ? Regagnerions-nous Arbois afin de nous y marier et vivre heureux le restant de nos jours ? Debout sur ce quai, je me retenais de froncer le nez en raison des odeurs émanant de la vespasienne, et laissais courir mon imagination comme mon regard, plissant les paupières, à cause de la lumière aveuglante, sur les immeubles du *Petit Marseillais* et de la *Compagnie de navigation mixte* qui dominaient le Vieux-Port. Des mouettes criaient et tournoyaient dans le ciel bleu. On entendait le ferraillement des tramways, les coups de sifflet des machinistes ou des agents, les annonces des départs de navettes à destination du château d'If, de l'Estaque, des calanques. Un homme passait en répétant d'une voix vieille et éraillée : « Demandez *Le Petit Provençal*… » Je commençais à transpirer. En plus des effluves d'urine, les lieux puaient le goudron, le chanvre, la térébenthine, les algues, le poisson pourri, enfin, comme tous les ports. Les hommes qui entraient et sortaient de la pissotière me jetaient des coups d'œil intrigués ou salaces. Le Juif parlait tout seul en donnant ses coups de crayon puis en trempant son pinceau dans le godet, avant de touiller les couleurs et les appliquer sur le papier. Parfois il jetait un regard traqué à droite ou à gauche, tel un coupable. Puis il se remettait vivement à sa peinture.

« C'est bien… Restez comme ça, ne bougez pas… Vous êtes très belle… »

Il m'intimidait moins, déjà, et je me sentis d'humeur à l'asticoter :

« Je suis sûre que vous préféreriez me peindre nue. »

À ma surprise, il s'est fâché.

« Nue ?… Nue ?… Je n'ai jamais peint un nu de ma vie ! Cela ne m'intéresse pas davantage que les mâts de bateau ou les filets de pêche. Le nu est la chose la plus non excitante, la plus non érotique qui soit…

– Mon ami ne serait pas d'accord avec vous, ai-je plaisanté, un peu vexée.

– Mais moi et votre ami cela fait deux. De mon point de vue, celles qui sont vêtues sont érotiques. Aussi longtemps qu'une femme porte quelque chose, elle est érotique. Cessez de bouger, et gardez la pose. »

Vous devez vous demander pourquoi je retranscris tout cela, monsieur le commissaire. Mais attendez. Cette partie de l'histoire est presque finie.

M. Lerner avait dit vrai, sa peinture ne lui a pas pris plus de vingt minutes. Il a refermé la boîte en métal et s'est mis à ranger son matériel.

« Vous me montrez ? » lui demandai-je, tout en m'écartant de la publicité pour St. Raphaël et des odeurs de latrines.

D'un air satisfait, il m'a tendu le carton avec la feuille de papier.

Cela ne me ressemblait pas du tout.

J'avais le nez de travers, ou cassé, de longs yeux bridés quasiment fermés, une bouche comme une blessure saignante et mes seins pointaient de la robe, pareils à des obus. En plus, je paraissais grosse, avec des hanches de charcutière. Seules les lettres de l'affiche étaient correctement dessinées et coloriées.

C'est alors que j'ai pris conscience du petit attroupement qui s'était formé sur le quai des Belges.

On y voyait des ouvriers en bleu de chauffe, des marins à casquette, des militaires en permission, quelques Annamites, et des hommes coiffés de canotiers, de panamas, de borsalinos. Plusieurs femmes, aussi, dont des marchandes de poisson, aux bras nus et aux tabliers sales. Des tapis sur le bras, un colporteur arabe circulait parmi les badauds mais il ne récoltait qu'une indifférence agacée. Un touriste m'a prise en photo. Plus loin derrière lui, un type nous surveillait, à travers la grande vitre du bar Le Cintra.

Je l'ai reconnu instantanément, malgré son panama qui différait du chapeau en alpaga gris qu'il portait naguère à Stuttgart.

Brancaleoni.

Il m'avait vue également, et reconnue, cela ne pouvait faire de doute. J'eus l'impression qu'il souriait. À présent il allait sortir du bar et marcher dans ma direction, pour me demander des nouvelles de Louis Cat. Se renseigner sur où nous habitions, par exemple.

Mais rien de tout cela ne s'est produit.

M. Lerner m'a serré la main, m'a remerciée avec profusion, s'est incliné à l'ancienne mode puis il est reparti en trottinant, rejoindre le boulevard Garibaldi où il allait montrer son aquarelle aux dames du Centre américain de secours.

Lorsqu'il est passé au niveau du Cintra, j'ai vu apparaître la silhouette de Brancaleoni, depuis l'angle de la rue Beauvau, les mains dans les poches.

Il a emboîté le pas au petit Juif et tous deux ont disparu au coin de la Canebière.

CHAPITRE XXIV

SOURIS GRISE

DÉCLASSIFIÉ

Quarante-cinq   neuf avril

AILLAGON *Charles, Inspecteur de Police à la Surveillance du Territoire de la Moselle à* METZ.

Assisté de l'Inspecteur de Police SOLLMEYER *Charles du service ;*

Agissant en vertu des instructions de Monsieur le Commissaire de Police Chef de la Brigade de Surveillance du Territoire de la Moselle à METZ, *relatives à la nommée* BOCKERT *Aline, Rose, se disant de nationalité Suisse, arrêtée par nos services pour examen de situation.*

Faisons comparaître l'intéressée qui sur interpellations successives nous déclare :

"Je me nomme BOCKERT *Aline, Rose, fille de Charles et de* BIRSER *Catherine, née le 5 février 1916 à* LUCERNE *(Suisse).*

"Je suis suissesse de nationalité et sans antécédents judiciaires.

"Je suis célibataire et sans profession.

"J'ai été élevée avec mes parents à LUCERNE où j'ai suivi les cours de l'école primaire et ceux de l'école supérieure pendant deux ans.

"Mes parents ayant une situation de fortune assez aisée, j'ai pu me permettre pendant de longues journées d'agréables séjours dans toutes les belles villes de Suisse.

"En 1937, alors que j'étais en villégiature à Bâle je suis tombée amoureuse d'un éudiant que j'ai suivi à PARIS. Mais peu de temps après je me séparais de ce jeune homme.

"Peu de jours après, j'ai [fait] la connaissance de Mr MARX, lieutenant de réserve française, qui était à la tête d'une grosse maison d'alimentation rue Poissonnière à PARIS. […]

"Début septembre 1940, j'ai rencontré Monsieur MARTIN propriétaire du café de la Renaissance à MULHOUSE qui m'a conseillé de revenir dans cette ville. Je le mettais au courant de ma situation pécuniaire qui n'était pas des plus brillantes, aussi il eut la gentillesse de me faire profiter d'une voiture qui se rendait à MULHOUSE. Me trouvant à court de ressources je décidais de chercher du travail et me faisais embaucher à la Kreisleitung en qualité d'interprète aux appointements de 2.000 frs par mois. En janvier 1942, j'ai perdu mon emploi à la suite d'une circulaire indiquant que tous les interprètes qui n'étaient pas de nationalité allemande devaient être licenciés immédiatement. Je me suis rendue à PARIS à la Einwandererzentrale[1] 60, avenue Victor-Hugo pour être admise comme

---

1. Office central d'immigration.

Volksdeutsche[1] *dans les services allemands. Après examen j'ai pu reprendre mes fonctions à la Kreisleitung de* MULHOUSE.

"Courant mai 1942, j'ai reçu une convocation de l'Einwandererzentrale me priant de me présenter à PARIS *avec tous mes bagages. Je ne me rendai [sic] pas à la convocation et partai [sic] à* SENS (Yonne) *travailler à la* HEERES-VERPFLEGUNG[2] *toujours comme interprète aux appointements de 3.500 francs par mois, nourrie et logée. Cette place m'avait été offerte par Monsieur* MARTENS *trésorier payeur de cet organisme, quelques [sic] temps auparavant à* MULHOUSE.

"Monsieur le Kreisleiter MOURER *mon chef à* MULHOUSE, *ayant appris que je ne m'étais pas rendue à* PARIS *et que je travaillais ailleurs m'a signalée à la G.F.P.*[3] *comme suspecte. Avec beaucoup de difficultés j'ai réussi à obtenir l'autorisation de conserver mon emploi jusqu'à fin novembre date à laquelle je me suis vue contrainte de rejoindre l'Allemagne sans être toutefois astreinte au travail obligatoire. Je me suis rendue chez ma tante à* BISCHHEIM (Baden).

"Je n'avais qu'un désir revenir en France par n'importe quels moyens [sic]. Aussi je me suis rendue à FRANCFORT *où j'ai trouvé un emploi dans une manutention de l'armée qui recrutait du personnel féminin pour la France. En avril 1942 j'étais*

1. Dans la terminologie nazie, les *Volksdeutschen* sont des Germains de souche, de langue et de culture, mais ne possédant pas la citoyenneté allemande.
2. Intendance de l'armée.
3. *Geheime Feldpolizei*, police secrète de l'armée en campagne.

envoyée à la Heeres-Unterkunft Aberwähltung (service de cantonnement). Aussitôt arrivée, j'ai demandé une permission pour me rendre à ROUBAIX, permission qui me fut accordée et dont je profitais pour aller à PARIS. Je me rendais également à SENS revoir mes anciens camarades de travail et le lendemain je me faisais arrêter à la gare de LYON à PARIS. Conduite à LILLE, j'ai été ramenée à FRANCFORT après avoir fait 3 jours de prison.

"Dès mon arrivée je me suis fait embaucher par le S.D. rue Schaumainkai n° 27 en qualité d'interprète et, quelques jours après, je recevais l'ordre de me mettre en rapport avec le S.D. de PARIS.

"Le 19 août 1943 je me suis présentée 19, avenue Foch (Administration) et j'ai été nommée par ce service à la section économique 3 B. sous les ordres du Dr FISCHER. Mon travail consistait uniquement à traduire des rapports ayant trait à la repopulation en France, le degré des maladies vénériennes, et le mouvement sépatariste [sic] breton. Dans ce service, je n'ai connu que le Dr FILLMANN et le Dr MAULAZ chef de la section économique.

"Vers le 25 août, le Dr FISCHER m'a téléphoné me demandant de préparer mes valises pour une quinzaine de jours, et ce n'est qu'au bureau que j'ai reçu l'ordre de me rendre à MARSEILLE où je recevrais les instructions nécessaires. Je vous signale que tout le long du voyage j'avais la garde d'une vingtaine de jeunes allemandes [sic], destinées à relever les militaires allemands dans les services administratifs militaires.

"À mon arrivée à MARSEILLE, je me suis présentée au S.D. Avenue du Prado, je suis restée

15 jours inoccupée aux bouts [sic] desquels j'ai quitté la ville avec un convoi de 5 ou 6 voitures en direction de NICE. *Nous avons d'abord fait une halte de quatre jours à* CANNES *pour former un service S.D. à l'hôtel Mont Fleuri[1] et qui par la suite est devenue [sic] une annexe du S.D. de* NICE. *C'est à Cannes que j'ai appris que mon chef allait être* RETZEK.*"*

1. *Sic*. Il s'agit de l'hôtel Montfleury.

CHAPITRE XXV

LES CLIENTS DE LA DORADE

Je ne soufflai mot à Cat de ce que j'avais aperçu Brancaleoni au Cintra. Je ne lui en parlai ni ce soir-là ni les jours suivants. Pourquoi l'aurais-je fait ? Je vivais le grand amour et j'étais heureuse. Je voulais Louis pour moi seule. Lorsqu'il rentrait à la Cortésine, après ses démarches diverses, nous nous aimions et nous faisions des projets d'avenir. Ou simplement des projets pour le lendemain. Tant que nous séjournions encore dans le voisinage de Marseille, la vaste cité nous ouvrait ses bras, avec tous ses agréments et ses mystères. Il nous suffisait de prendre le tramway à l'arrêt La Mounine et de descendre à Saint-Antoine dans le centre-ville moins d'une heure plus tard. Mon compagnon était familier de cette vaste cité, avait de l'argent (j'ignore où il se l'était procuré mais je ne posais pas de questions, il n'aimait pas ça) et pouvait m'inviter n'importe où. Ses poches paraissaient bourrées de billets de banque, comme une réserve inépuisable. Si lui-même abordait le sujet, c'était pour me dire nonchalamment qu'il était tombé sur telle ou telle vieille connaissance, à qui il avait prêté des sommes importantes avant la défaite. Ces personnes, depuis, s'étaient lancées dans le commerce et, ayant réussi « de bonnes affaires », ne se montraient point ingrates.

À quoi bon m'inquiéter, ou mettre sa parole en doute ? Après tout, moi aussi j'en profitais. Mon bel amant me conduisait aux meilleures adresses, par exemple le restaurant de l'hôtel Beauvau, dont la superbe terrasse, comme vous le savez, monsieur le commissaire, s'étalait sur le quai des Belges face à la forêt de mâts du Vieux-Port. Cat m'apprit que le Beauvau était géré par Simon Sabiani, un puissant gangster corse, ancien député qui avait été premier adjoint à la mairie, et que ce personnage, ayant rejoint le Parti populaire français de Doriot, faisait la pluie et le beau temps à Marseille, aidé par ses « agents électoraux », les gangsters Carbone et Spirito. Le seul établissement où selon moi l'on mangeait aussi bien qu'au Beauvau était le restaurant La Dorade, plus discret, dont le patron était lié (toujours selon Cat) aux frères Guerini – encore des Corses, mais chefs d'une bande rivale, au service, m'expliquait-il, « de ces salopards de gaullistes et des Alliés » ; les Guerini avaient rapidement fait fortune à Marseille en mettant des femmes, à commencer par les leurs, sur le trottoir. Ça n'empêchait pas Louis de m'emmener à La Dorade et c'est vrai qu'on se régalait. Il m'invita aussi chez Isnard, rue Thubaneau, au Pascal, place Thiars, ou au Basso, lui aussi quai des Belges, toutes des maisons réputées et cela depuis longtemps. La nuit, il m'exhibait dans mes plus belles robes à l'Ambassy, rue Vacon, à La Réserve, sur la Corniche, ou à la Brasserie de la Canebière… C'étaient des endroits sélects où je m'amusais comme une folle. Pourquoi bouder mon plaisir ? Je n'avais jamais connu une vie pareille, même en rêve. C'était mieux et plus gai que le Novy ou que *Die Boheme* à Stuttgart. Et ici sur la Côte d'Azur, du moins les premiers temps, nous étions seuls et libres de vivre notre grand amour en tête à tête. De savourer chaque heure et chaque minute. Je suis sûre que vous pouvez me comprendre. La vie est si brève, et les vraiment bons moments ne sont pas si fréquents, ne croyez-vous pas ? Surtout si l'on songe à ce qui nous est arrivé par la suite à Cat et à moi.

Entre-temps il avait rempli une carte interzone à destination de ses parents à Arbois, et me la fit lire avant de la mettre à la poste. C'était, vous vous en souvenez, une de ces cartes imprimées à l'avance où il suffisait au correspondant de remplir les blancs… Le résultat, de mémoire, devait être quelque chose comme :

Aix (il préférait n'être pas trop précis concernant notre adresse), le *19 mars 1942 – Louis et Aline sont* en bonne santé (il fallait ensuite barrer « fatigué », « légèrement », « gravement », « malade », « blessé », « prisonnier », « décédé », et plus loin des mentions diverses) – *Je* travaille à *Marseille en attendant d'*aller à *Alger* – (et Cat ajoutait, je m'en souviens très bien, serrant des caractères microscopiques dans le peu d'espace ligné qui restait en bas de la carte :) *Notre existence continue son aimable cours et nous pensons à vos sentiments à notre égard. Les nôtres pour vous restent toujours d'amour profond. N'ayez pas d'inquiétude à notre sujet. Tout s'arrange bien.* Et il avait signé : *Loulou.*

« Notre existence continue son aimable cours. » Rien de plus exact, monsieur le commissaire !… Car, dès le matin, en ouvrant les yeux, j'étais heureuse. Je me levais pour repousser les volets, et la lumière du jardin s'engouffrait dans la chambre, arrachant un grognement de protestation à Cat qui aimait faire la grasse matinée toutes les fois que c'était possible. Je l'embrassais avant de me précipiter à la cuisine pour faire bouillir le café national[1] et cuire des œufs, que j'avais achetés au marché de Bouc ou chez les voisins. Ceux-ci gardaient une vache clandestine, non déclarée aux services du ravitaillement, qui nous fournissait en lait. On se débrouillait plus facilement dans les alentours de Marseille que dans la grande ville ! Je me sentais devenue une vraie bourgeoise, avec mon homme dans cette belle chambre à coucher et ce bel appartement ! Après le petit déjeuner, nous refaisions l'amour (pourquoi est-ce que je vous raconte ces détails ? Oh, tant pis, cela me fait plaisir de l'écrire, de m'en souvenir, et quoi qu'il en soit vous imaginerez mieux ce que j'éprouvais, le comment et le pourquoi de toutes ces choses, et verrez à quel point, au bout du compte, j'étais une innocente…). Puis nous nous promenions sur la terrasse et dans le jardin, si Louis n'avait pas à se rendre en ville pour ses affaires. Main dans la main, lui et moi avancions au milieu de la danse des papillons, nous écoutions chanter le rossignol, qui fêtait lui aussi la saison nouvelle. J'apercevais des lézards zigzaguant le long des murs dans le soleil. Les cerisiers, les pruniers se couvraient de petites fleurs roses ou blanches, les magnolias resplendissaient. Un vieil escalier de pierre envahi de racines descendait vers une petite rivière ombragée. Et le soir, quand nous restions à la maison, nous avions droit au concert régulier des crapauds, échappés du réservoir d'irrigation pour s'aventurer sur les chemins que baignait le clair de lune. Je m'abandonnais à mes rêves car je croyais que les cauchemars étaient finis. Loin derrière nous le froid de l'Allemagne et ses croix gammées, les trains bondés traversant la zone interdite, les maigres repas d'Arbois,

1. Surnom, pendant la guerre, d'un ersatz de café à base de glands ou d'orge grillé.

la nuit atroce dans la neige, les cris et le sang... Ici la nature douce de la Provence nous invitait à tout oublier, à célébrer la beauté du printemps et de l'amour. C'était la zone libre.

Nous étions dans le département depuis une douzaine de jours, peut-être un peu plus, quand Louis me présenta des amis tandis que nous dînions à La Dorade. Il me faut préciser que ce restaurant, géré par des membres du clan Guerini, était toujours peuplé de consommateurs louches, plus ou moins tous escrocs, faussaires ou maquereaux, ces derniers acccompagnés d'une ou deux de leurs tapins, parmi les plus belles. Nous connaissions déjà Charles, le patron faisant aussi office de barman, un petit bonhomme taciturne aux allures de père de famille, qui surveillait la salle tout en agitant ses cocktails. Je le trouvais des plus sympathiques. Lui-même ne buvait pas d'alcool, ayant un estomac fragile, et remuait fréquemment sa dose de bicarbonate de soude dans un verre d'eau. Une de ses spécialités cachées était, paraît-il, la contrebande. Ce soir-là, Louis se leva pour saluer les dîneurs à une autre table, la conversation s'engagea et quatre types vinrent me serrer la main poliment. On me désigna le premier comme étant Mathieu Giudicelli – encore un Corse, mais ainsi que vous le savez tous les truands de Marseille sont corses. Ses compagnons se prénommaient Étienne, Joseph et Sauveur. Ils me produisirent une impression mitigée : Étienne un grand et bel homme, dans les quarante ans, l'air d'un souteneur, à la face épaisse, tannée et comme sculptée dans du bois ; Joseph un individu maussade, trapu, avec une peau jaunâtre ; et Sauveur (je devais apprendre plus tard son nom de famille, Campana, et qu'il était le neveu d'Étienne, lequel lui s'appelait Paoleschi) un garçon mince et bien découplé, aux cheveux bruns presque ras et au visage allongé finement dessiné – si je n'avais pas d'abord aimé Cat, me dis-je, je serais tombée aisément amoureuse de ce jeune Corse. Quant à Mathieu Giudicelli, il était vêtu avec élégance, s'efforçant visiblement de compenser sa taille fluette et ses trait délicats, presque ceux d'une miniature, peu appropriés à un gangster (ce que je compris rapidement qu'il était). Son visage assez beau, où brillaient deux yeux vifs gris acier, me faisait penser à celui de Napoléon Bonaparte, tel qu'on le voit sur les tableaux des musées ou dans les livres. Il se montrait nerveux et bavard, au contraire des trois autres qui restaient pratiquement muets, soit parce que c'étaient à l'origine des paysans frustes, soit parce que en compagnie de leur chef ils n'avaient pas trop le droit de s'exprimer. Je notai qu'entre eux ils parlaient la langue corse. À vrai dire, tout cela m'était égal et j'aurais préféré continuer de manger seule avec Cat et finir notre bouillabaisse. Maintenant je pressentais, vaguement inquiète, que la période de merveilleuse intimité en zone libre touchait à sa fin.

Le surlendemain, nous fûmes invités à dîner chez Mathieu. J'espérais, je l'avoue, y revoir Sauveur, mais aucun des acolytes de Giudicelli n'était présent. Je fis la connaissance d'Odette, la concubine de notre hôte, lequel nous la présenta cérémonieusement comme son épouse. Elle n'avait fait aucun effort particulier pour s'habiller – contrairement à moi – et ne portait qu'un pull-over rose informe sur une jupe en laine. C'était une fille au visage rond, au front bombé avec des yeux écartés et l'air enfantin, au point que je me demandai si elle n'était pas un peu stupide ; néanmoins sa gentillesse naturelle me plut. Odette nous servit les apéritifs. Elle paraissait obéir à son « mari » au doigt et à l'œil. Le couple habitait un immeuble bourgeois dans le quartier de la Plaine, sur le boulevard Chave, au-dessus des platanes et du tram de la ligne 68. La décoration du grand salon me fit de l'effet, notamment les meubles Louis XV incrustés de roses et de cygnes (au retour, Cat m'assura que tout ce mobilier n'était pas d'époque, juste de médiocres copies), le large divan moderne en cuir noir, les gravures encadrées représentant les gorges du Verdon et divers paysages, et les innombrables figurines qui se bousculaient sur des napperons de dentelle – je n'avais jamais vu autant de bibelots dans un intérieur, y compris chez ma mère qui pourtant les affectionne. J'eus pitié de la compagne de Mathieu en pensant qu'il lui fallait épousseter tout cela, d'autant que les lieux brillaient comme un sou neuf, sous l'éclairage éblouissant des lustres. On pouvait cependant supposer qu'il lui payait une femme de ménage.

Ce joli petit caïd de Giudicelli avait fait de la prison et il s'en vantait. Le motif ne m'en semblait d'ailleurs pas si grave, mais plutôt cocasse : deux années auparavant il avait servi d'intermédiaire dans une vente de chemises à l'armée française, où ses associés avaient triché sur la quantité de tissu ; lorsque les soldats les avaient enfilées, on s'était aperçu qu'elles descendaient à peine jusqu'à la taille. La justice militaire n'avait pas apprécié et il avait séjourné un trimestre au fort Saint-Nicolas, au-dessus du port. « C'était plus dur que tout près d'ici à la prison Chave, nous expliqua-t-il en riant, où je connaissais le personnel et obtenais toujours une cellule exposée au sud ! » J'en déduisis qu'il était en fait coutumier de la détention. Mathieu précisa que, comme d'habitude, son avocat avait réussi à le tirer d'affaire. Il s'agissait d'un certain Me Bottaï, le meilleur de Marseille, à l'en croire, si l'on comparait les tarifs et la qualité du service. J'ignorais, ce soir au dîner dans l'appartement cossu des hauteurs de la Plaine, que je rencontrerais un jour Me Bottaï.

Parlant de ses comparses absents, le Corse confirma qu'Étienne exerçait la profession de maquereau, et me renseigna sur Sauveur : le jeune homme, natif de Sartène, avait déjà purgé plusieurs peines de quelques mois chacune, pour des délits variés, comme vol, trafic de faux papiers d'identité, port d'arme, et « embauchage de mineurs en vue de débauche ». La fin de la phrase, prononcée avec le fort accent insulaire de Mathieu, résonnait de manière comique, au milieu du décor bourgeois rassurant qui nous entourait.

Parmi les « clients » de la bande figuraient aussi les responsables du fameux Centre américain de secours, chez qui s'était rendu M. Lerner. Sur le moment cela ne me parut guère important, mais Louis posa plusieurs questions à notre hôte à ce sujet, avant de passer à autre chose. Giudicelli raconta que ce « ramassis de youpins, de cocos et d'Amerloques » faisait appel à lui pour des faux papiers et fausses cartes de ravitaillement, des passages de la frontière espagnole ou de celle d'Andorre, parfois même – s'ils venaient à manquer de fonds, ce qui était présentement le cas – pour obtenir de faux billets de banque ou changer des dollars-or au marché noir. Il se félicita de les avoir « bien eus », par exemple en exigeant cent mille francs, une somme assez exorbitante quand même, en échange d'un transport d'émigrants de Toulouse à Lisbonne dans une auto protégée par l'immunité diplomatique. La voiture, ont-ils découvert consternés après avoir payé la moitié d'avance, n'existait pas. En revanche, et Mathieu semblait le désapprouver ou le moquer, Charles le patron de La Dorade s'était toujours montré « réglo » avec ces clients de l'organisme de secours. Il manifestait du respect pour eux, et les recevait du reste certains soirs dans son arrière-salle, une fois l'établissement fermé et le rideau de fer descendu.

Lorsque nous rentrâmes vers Aix par le dernier tramway, Cat me confia avec satisfaction que nous n'avions pas perdu notre temps boulevard Chave.

Mais il me restait encore quelques jours avant de comprendre ce qu'il avait voulu dire par là, monsieur le commissaire.

Quelques jours avant la nuit.

DERNIER LIEU DE RÉSIDENCE CONNU

Secrétariat d'État
AUX FORCES ARMÉES
GUERRE
Direction du
Personnel
Militaire
de l'Armée de Terre

‒ ‒ ‒ ‒ ‒ ‒ ‒ ‒ ‒ ‒ ‒

Bureau F.F.C.I.

Objet : RECHERCHES
Référence :
COURRIER DU 5.08.1948
de l'Inspecteur O.P.J. CHAUMONT Féréol
Brigade de Surveillance du Territoire
STRASBOURG

à Monsieur le Commissaire Principal
Chef de la B.S.T.
STRASBOURG

J'ai l'honneur de vous faire connaître que, suite
à la demande émanant de vos Services citée en
référence et concernant les militaires :

    – BEN ABDELLAH, *Morsab, né en 1914 à* TAZA *(Maroc), 1re classe, 14e R.T.A., matricule 1288.*

    – BEN BRAHIM, *Larbi, né en 1912 au Maroc, 2e classe, 6e R.T.M., matricule 3807.*

    – BEN MOHAMED, *Hassen, né en 1918 à* BRANS *(Maroc), 2e classe, 4e R.T.M., matricule inconnu.*

    – BEN TAÏEB, *Mohamed, né le ?.6.1906 au Maroc, sergent-chef, 4e R.T., matricule 1539.*

    – NOGUÈS, *Eugène, né le 12.11.1903 à* MONTAUBAN, *2e classe, 2e génie, matricule 499,*

    supposés avoir franchi la ligne de démarcation zone interdite – zone libre, le 8 mars 1942, entre ARBOIS *et* POLIGNY, *les recherches effectuées dans nos Archives par le Secrétariat aux Forces Armées "Guerre" ont donné les résultats suivants :*

    BEN ABDELLAH, *Morsab, né en 1914 : lieu de résidence inconnu.*

    BEN BRAHIM, *Larbi, né en 1912 : mort pour la* FRANCE *le 8.11.1947 à Sontay, Indochine (sergent-chef, Croix de Guerre 1939-1945 – bataillon de marche du 6e Régiment de Tirailleurs Marocains).*

    BEN MOHAMED, *Hassen, né en 1918 : lieu de résidence inconnu.*

    BEN TAÏEB, *Mohamed, né le ?.6.1906 : lieu de résidence inconnu.*

    <u>NOGUÈS, *Eugène*</u>, *né le 12.11.1903 : dernier lieu de résidence connu : <u>24, rue du Général-Gras, Moissac (Tarn-et-Garonne)</u>.*

               à PARIS *le 21 Septembre 1948*

       Pr le Secrétaire d'État aux Forces Armées

et par délégation :
Le Général de Division PRÉAUD,
Directeur.
[signature illisible]

<u>*DESTINATAIRES :*</u>
– *Mr. le Chef B.S.T.* STRASBOURG
– *Archives*
– *Chrono.*

CHAPITRE XXVII

LA NUIT DE LA CORNICHE

Un jour, Cat m'emmena dans la vieille ville.

Nous revenions, en tram, de la plage du Prado. Là-bas nous avions folâtré le long de la mer, pieds nus dans le sable, comme des adolescents, riant et courant à en perdre le souffle. Le mistral se levait et je voyais des nuages coiffer les montagnes de l'arrière-pays. Rhabillés, nous avons pris place dans un tramway bondé qui retournait vers le Vieux-Port. C'était une journée que nous avions passée intégralement ensemble, Louis n'ayant pas de rendez-vous pour une fois sauf tard le soir. « Tu m'accompagneras, chérie. Y a un rôle pour ta pomme… », avait-il conclu mystérieusement. Mais il se refusait à en dire plus.

Au Cintra, nous bûmes des bières pour nous désaltérer, avant de prendre tranquillement la direction du quai Maréchal-Pétain, où les vélums, au pied des maisons, abritaient des dizaines de bistrots et de petits bars, créant des taches d'ombre sous les façades ensoleillées, devant les pontons où dansaient les coques des yachts et des bateaux amarrés flanc contre flanc. De là, entre ces immeubles anciens alignés face à la rade, les ruelles obscures s'infiltraient dans la vieille ville, ce quartier fameux mais à la mauvaise réputation. Certaines d'entre elles portaient des noms étranges, comme la rue de

l'Araignée. Ce secteur, comme vous savez, on le surnommait « la petite Naples », et je constatais que ce
n'était pas pour rien (même si je ne suis jamais allée
à Naples). Tout ou presque est rasé maintenant – sur
l'ordre des Boches mais l'opération a bien arrangé certains Français, on n'a pas eu à exproprier les gens léga-
lement, ça c'est l'argent et la politique mais je n'en dirai
pas plus – et la population relogée ailleurs ou déportée,
cela s'est passé au début de l'année suivante ; je n'ai pas
assisté aux rafles ni au dynamitage car à cette époque
j'étais détenue à la prison des Présentines, j'ai juste
entendu, du 1er au 19 février, le vacarme des explo-
sions, et les cris, et aperçu à travers les barreaux l'épais
nuage de fumée couleur de soufre. Mais ayant visité le
quartier Saint-Jean en mars 42, j'aurai connu les lieux
en l'état. J'ai vu les Napolitains et les Juifs, sans oublier
les Grecs, les Arméniens, les Arabes, les Espagnols ;
les femmes en tablier assises fumant des cigarettes ou
tricotant, sur des chaises de paille bancales, les gosses
aux jambes nues jouant dans le caniveau, les putains
et les petits bars, au pas de porte jonché de détritus, le
linge multicolore flottant d'une fenêtre à l'autre entre
deux bâtisses qui se touchaient presque, tout là-haut une
étroite bande de ciel et, sous nos pas, les grandes pierres
plates et sales au milieu desquelles s'écoulait un filet
répugnant d'eaux usées. Des chiens errants reniflaient
mes chevilles et me faisaient peur. C'était aussi serré
et pittoresque que la Casbah d'Alger dans le film de
Gabin, mais au lieu d'être blanc comme en Afrique du
Nord tout paraissait crasseux et sombre. Je n'y aurais
logé pour rien au monde. Mon odorat était mis à rude
épreuve, et, je dois l'admettre, il m'était difficile de
donner tort à Louis quand il commentait :

« Tu auras toujours des imbéciles pour juger ça charmant, ces vieilles rues, et des peintres ou des photographes pour en tirer des images et les vendre, moi je ne trouve ici qu'un ramassis d'étrangers indésirables. Pourtant c'était chez nous, merde ! Ne t'inquiète pas, on va épurer bientôt cette porcherie. Ce cloaque a été livré à la canaille, à la misère et à la honte… Mais le Maréchal l'a dit : "La rénovation de la France est liée à celle de Marseille !" Nos architectes français ont leurs plans tout prêts, tu l'as lu dans l'article de *L'Illustration* chez mes parents, et tu verras comme ce sera beau un jour ici ! »

C'est ce que Cat pensait, monsieur le commissaire, vous voyez je suis franche, je ne vous raconterai pas des bobards afin de me dédouaner. J'espère que vous tiendrez compte de ma franchise. Et au bout de mon récit vous saurez tout. En attendant, ce qu'il me disait correspondait à sa vision moderne des choses, Louis comme son père avaient foi dans la technique et dans la science, et ils souhaitaient pour tous un monde pur et neuf où il ferait bon vivre… Soyez indulgent lorsque vous penserez à lui. En ces temps confus, la mode était de croire, coûte que coûte, à l'homme nouveau. Ce modèle nous permettrait de nous racheter du désastre de la défaite, du gouffre dans lequel nous étions tombés. L'homme nouveau, comme mon chéri Cat, devait être un chevalier, un militaire, un type propre. Et qui regarderait vers l'avenir.

En cette fin d'après-midi, nous remontâmes le labyrinthe insalubre de ruelles et de boyaux, entre les murs moisis et sous d'énormes poutres de soutènement destinées à empêcher les masures les plus fragiles de s'effondrer. Mon guide me tenait par la main et de temps à autre il se retournait, fixant quelque point par-delà mon épaule, ou opérait de brusques changements de direction, comme s'il craignait que nous fussions suivis. Je crus d'abord à un jeu, mais l'expression de Louis était grave et il suait à grosses gouttes. Je l'avais rarement vu ainsi. Ou alors est-ce que je me faisais des idées ? Car depuis toute petite, me rappelai-je alors, je suis imaginative et je m'attends à voir surgir le malheur partout. Ce que nous avions vécu ces dernières semaines était tout bonnement trop beau, ça ne pouvait pas durer. Les catastrophes, ça aussi, je connaissais, j'avais eu ma part.

Les rues continuaient de grimper, une marche environ tous les deux pas, nous croisions ou nous faisions bousculer par des silhouettes pressées et floues, les habitants vieux ou jeunes s'interpellaient et jacassaient dans toutes les langues, des marmots pleuraient ; çà et là s'élevait par moments la mélodie triste d'une mandoline ou d'un harmonica. J'étais essoufflée et inquiète. L'excursion devenait moins drôle. Le silence de Cat n'arrangeait rien. Je protestai pour la forme, ce qui ne m'arrivait pas souvent, car je suis une femme douce ; finalement il consentit à s'arrêter. Nous étions arrivés place des Moulins, je ne la connaissais pas, et ce ravissant endroit tout en longueur, au style de village provençal, sa terrasse de café à l'ombre des platanes me séduisirent (je l'évite maintenant, ça me donne trop de regrets et de vague à l'âme). Mon compagnon accepta de s'installer à une table du café, mais à l'intérieur. Il choisit un siège adossé au mur du fond afin de guetter les entrants. Et commanda d'office deux vermouths. J'étais trop fatiguée pour discuter.

Plus tard, reposant mon verre, je questionnai directement :

« Tu fuis quoi, Louis ? Qu'est-ce qui te tracasse ? »

Il me regarda, surpris. Avant de hausser les épaules, et secouer la tête.

« Tu ne te rends pas compte. Pour toi, Marseille ou Aix ça ressemble à des grandes vacances. Mais ils sont partout.

– Qui, "ils" ? »

Cat baissa la voix. De toute façon il n'y avait personne à côté, les consommateurs préférant la terrasse par beau temps.

« "Ils", c'est les BMA. »

J'attendis qu'il m'explique.

« ... Les Bureaux des menées antinationales. »

Je ne comprenais toujours pas. Il dut compléter :

« C'est le service de renseignement camouflé du gouvernement de Vichy. Ça remplace le 5e Bureau[1], supprimé par l'armistice. Ce nouveau service a l'agrément des Allemands, et travaille en liaison avec les brigades de la Surveillance du territoire. Tu as un BMA par division militaire, ici la 15e... Et à la Surveillance du territoire de Marseille il y aurait un type qui veut notre peau. Un commissaire spécial du nom de Blémant. »

J'étendis la main, pour la poser délicatement sur son avant-bras.

« Enfin, voyons, calme-toi. Tu me dis que ton BMA a l'agrément des Allemands. Il recherche donc les gaullistes, ou les communistes. Ou les Anglais parachutés en France pour du sabotage... Tous les dissidents. Tu n'as jamais été pour de Gaulle, que je sache ? »

Il sourit avec amertume.

« Tu ne piges rien. Évidemment que je ne suis pas gaulliste ! Mais dans cette ville, Blémant qui est flic et les salopards du BMA qui sont des militaires se croient des "patriotes". Pour eux, la guerre ne s'est pas

---

1. Avant guerre, le 2e Bureau. Ce service comprend le renseignement et le contre-espionnage militaires.

arrêtée avec l'armistice de juin 40. Par conséquent, les Allemands sont toujours leurs ennemis. Ils les traquent, eux et leurs agents en zone libre. »

Je me suis sentie pâlir.

« Mais ça ne nous concerne plus. Tu m'avais dit que Herzog et les autres c'était fini… Et d'ailleurs, le Maréchal collabore avec les Allemands, il n'a pas le choix, c'est pour le bien de la France, alors dans ce cas il ne leur cache rien, pourquoi enverraient-ils encore des agents ici depuis le Reich ? S'il s'agit d'arrêter les saboteurs anglais et autres, nous avons nos propres militaires et notre police… »

Il se dégagea brutalement.

« Ne parle pas de choses auxquelles tu ne connais rien ! »

J'en eus les larmes aux yeux. C'était notre première vraie dispute. Brusquement je m'affolai. Que ferais-je si Louis m'abandonnait ? Il était beau, et plus jeune que moi. C'était facile pour lui de trouver mieux qu'une ancienne employée de ménage, affligée d'un gamin de treize ans et d'un mari en stalag… Je me suis dit qu'il fréquentait peut-être une autre femme, en ville, sous prétexte de démarches administratives, pendant que moi comme une idiote j'astiquais notre logis de la Mounine et me démenais pour le ravitaillement et lui préparer de bons petits plats… Oui, la pauvre imbécile ! J'ai éclaté en sanglots, je hoquetais et mes pleurs semblaient ne jamais vouloir s'arrêter.

Cat a consulté sa montre. Mon chagrin paraissait l'ennuyer prodigieusement. Cette indifférence m'a fait plus mal encore que le reste. Il s'est levé, laissant un billet sur la table et n'attendant pas la monnaie.

« Allez, on y va ! »

Le mistral soufflait sur la petite place, entraînant des bouts de papier et faisant rouler des chapeaux de paille sur les pavés. Je frissonnais en plus de pleurnicher. Louis avançait à grandes enjambées et je n'avais plus qu'à le suivre. Il pénétra dans une enfilade de ruelles, derrière l'Hôtel-Dieu. Un peu avant la place Carnot, je le vis s'arrêter au pied d'un immeuble. Il possédait la clé de la porte d'entrée. Je l'accompagnai à l'intérieur. Nous descendîmes à un garage en sous-sol, dont les box étaient fermés par des rideaux de fer. Cat avait également la clé de l'un des box. Le rideau remonta dans un vacarme de ferraille. À la lumière du sous-sol je reconnus la Renault noire de l'ami qui nous avait prêté l'appartement et conduits là-bas, munie de tous ses permis de circuler collés sur le pare-brise. Une Monaquatre 1932, un modèle de bas de gamme qui ressemblait à la Primaquatre que Roger avait achetée d'occasion le mois ayant suivi notre mariage, pour nos premières vacances à deux. La banalité du véhicule contrastait d'ailleurs, je m'en étais fait la réflexion, avec les habits coûteux et les bagues ornant les doigts de « Lulu ».

Mon compagnon s'installa au volant. Une fois l'automobile sortie du box, je m'assis en silence sur le siège passager. Nous montâmes la rampe étroite et rejoignîmes le cours Belsunce pour nous garer devant l'une des nombreuses terrasses de café. À celle du Français, deux hommes nous firent signe. L'un d'eux ne m'était pas inconnu : « Tonton », autrement dit Robert Mallet. J'aurais dû m'en douter. Le trio du cabaret Novy de Stuttgart se reconstituait à Marseille. Cat – Mallet – Brancaleoni. Ce dernier ne se montrait pas, mais je ne doutais pas de le voir surgir un de ces jours dans le paysage. Avait-il, ici aussi, pris une chambre dans un hôtel sous la fausse identité de « Erich Haller » ?

L'autre individu était un Alsacien né à Colmar (pas loin de chez moi, donc) qui se présenta sous le nom de Marcel Spietz. Son visage était du genre qu'on oublie aussitôt après l'avoir vu. Il me semble qu'il avait une petite moustache. En revanche, je me souviens très bien que les deux hommes paraissaient tendus, nerveux, Mallet en particulier ; c'est tout juste s'il m'a saluée, après tout ce temps. Cat s'efforçait d'alléger l'ambiance par des plaisanteries mais le cœur n'y était pas. Et moi je ressassais ma déception et mes craintes.

Cette rencontre sur le cours Belsunce n'avait rien à voir avec le hasard. Le petit groupe s'était clairement donné rendez-vous au Café Français. Cela signifiait que Louis m'avait caché le fait qu'il restait en contact avec ses camarades du service de l'*Obersturmführer* Herzog, que ce contact en réalité n'avait jamais été rompu. À présent ils manigançaient quelque chose, à mon insu, et selon toute probabilité (puisque c'est ce qu'on leur enseignait à Stuttgart) effectuaient pour les Allemands de nouvelles missions d'espionnage ! Et moi, bonne cruche, mon homme m'avait joliment menée en bateau[1] !

L'Algérie me semblait plus éloignée que jamais. Et, même si nous y allions, ce serait certainement pour un travail similaire. Du renseignement au bénéfice des Boches. Sinon pire. Des tâches très spéciales. Louis était armé, j'avais déjà vu son revolver en faisant le ménage dans notre chambre. Et il possédait aussi un long couteau, à l'aide duquel – il s'en vantait – on lui

1. Sur cette page du dossier Beaucaire / Bockert, figurait en marge une note au crayon bleu, peut-être de la main du commissaire Cottentin de la BST de Marseille : *Ou elle est vraiment poire, ou elle ment, et a des choses à cacher.*

avait appris à trancher les gorges, d'une oreille à l'autre. Mais je ne voulais surtout pas penser à cela ! Je tins ma tête entre les mains, j'avais envie de hurler, au milieu du brouhaha du grand café et du flot des passants sur l'avenue, des appels des crieurs de journaux dans la nuit qui commençait de tomber, où les lumières s'allumaient les unes après les autres et où l'on entendait la musique des petits orchestres jouant pour le public des terrasses. Le vent humide soufflait toujours mais l'air était tiède. À quelques mètres de distance, la carrosserie de la Renault et ses chromes brillaient le long du trottoir. Qui était cet homme, le propriétaire de l'automobile, qui nous prêtait un étage de la villa ? Pourquoi lui-même s'en passait-il si facilement, alors qu'on avait tant de mal à se loger à Marseille ? Le nommé Lucien Porteur… Avec ses allures de petit gangster, il faisait forcément partie de la bande.

Quelqu'un, Mallet ou Spietz je ne sais plus, suggéra d'aller manger une bouillabaisse à La Réserve, sur la Corniche. « Bien ! ça nous mettra d'attaque », acquiesça Louis. D'attaque pour quoi ? Et quel rôle devrais-je jouer, ainsi qu'il l'avait mentionné plus tôt, dans leur affaire ? Au sujet de laquelle il adoptait ces airs mystérieux… Nous montâmes tous ensemble dans la Monaquatre. Mon ami avait repris le volant. Assise à côté de lui, je me sentais très misérable, n'étant en outre même pas habillée pour sortir dans ce palace – que je connaissais déjà pour y avoir dîné et dansé avec mes plus beaux atours, à en rendre toutes les autres femmes jalouses… À présent « Tonton » et l'Alsacien ricanaient dans notre dos. J'avais noté chez Mallet une sorte d'excitation ou de joie méchante, qui ne présageait rien de bon. La voiture longea le quai de Rive-Neuve en direction de la mer. Les lumières scintillantes du bassin du Vieux-Port se reflétaient dans les eaux noires.

Je me suis faite toute petite, dans l'immense palace hôtel-restaurant qui dominait la rade de Marseille depuis la Corniche, et, la tête baissée sur les plats et les boissons (nous avions commandé du champagne comme à Stuttgart), j'écoutais désespérément les propos de mes voisins. Il me fallait noter dans ma tête le moindre détail, je sentais que ma vie en dépendait. J'étais assaillie par les plus mauvais pressentiments. Pas seulement pour cette nuit, mais pour le futur.

Spietz, à ce que j'entendais, avait exercé le métier de cuisinier de la Mitropa[1], sur la ligne Paris-Francfort. C'est à cette occasion qu'il avait fait la connaissance de « Jules » (ils le désignaient ainsi mais je savais qu'ils parlaient de l'*Obersturmführer* Herzog). L'Alsacien lui aussi avait séjourné à Stuttgart, pour un stage de quelques semaines à l'école radio du nommé Fahrenkampf. Je ne me souvenais pas d'avoir croisé Spietz là-bas. Mais cela datait peut-être d'avant ma rencontre avec Louis et ses amis. Ou bien son visage était d'une banalité telle qu'il s'était aussitôt effacé de ma mémoire. Pendant notre dîner à La Réserve, il se vanta à plusieurs reprises d'avoir recruté de nombreux individus pour le « service », y compris ici dans le Milieu marseillais un Corse qu'ils appelaient Francis, et dont je finis par apprendre que le nom de famille était Peretti. Les voyous corses, racontait Spietz, avaient dû

1. Pour *Mitteleuropa* (Europe centrale). La compagnie allemande *Mitteleuropäisch Schlafwagen Aktiengesellschaft* gérait les voitures-lits et voitures-restaurants en Europe centrale et orientale. Elle jouait traditionnellement un rôle de pénétration politique et économique durant les grands conflits européens.

choisir entre l'Allemagne et les gaullo-communistes ou les « socialos ». Après la guerre, la ville et ses trafics appartiendraient à ceux qui auraient fait le choix le plus judicieux. Les truands, rémunérés bien sûr pour cela, étaient donc soit du parti de Sabiani, de Carbone et de Spirito ; soit du côté des frères Guerini ; soit encore, pour quelques-uns, ils informaient le commissaire Blémant et le contre-espionnage de Vichy – lesquels faisaient preuve d'une complaisance suspecte à l'égard des résistants, lorsqu'il leur arrivait d'en arrêter, ce que dans ce département des Bouches-du-Rhône ils parais-saient faire peu souvent et à contrecœur. Mallet ajouta, indigné, que de façon générale les seuls à se faire tabasser ou pire par les poulets de Marseille étaient les agents du renseignement allemand… (Chose que je devais vérifier par la suite.)

« Les Français comme nous, les flics les arrêtent et ils passent devant un tribunal militaire, commenta Spietz. On les juge ici ou en Algérie – quand on ne les laisse pas tout simplement s'évader si ce sont des résistants –, mais quelques-uns parmi les Allemands ont "disparu".

– "Disparu" ? » répéta Louis, et je constatai qu'il était livide.

L'ancien cuisinier des wagons-restaurants a baissé la voix.

« Peretti m'a raconté que Blémant loue une villa au bord de l'eau, entre Marseille et Toulon, pour les "inter-rogatoires poussés". La torture, quoi. Il y aurait une mise en scène spéciale afin d'en installer[1] auprès des types qu'ils ont piqués eux-mêmes, et qu'on soumet à la question. On a accroché des chaînes et des tenailles aux murs, et disposé des morceaux de barbaque pourrie

1. Argot pour « en imposer », « impressionner ».

163

pour leur faire croire qu'on a laissé des cadavres dans la villa... L'odeur, vous pigez. »

Je dois dire, monsieur le commissaire, que je n'en croyais pas mes oreilles.

« Paraît qu'ils se mettent à table très vite, a poursuivi Spietz. Et après, le commissaire et ses voyous balancent les pauvres gars à la flotte, lestés de fonte ou de ciment, ainsi qu'on le pratique dans le Milieu. Ils appellent ça une "mesure D", pour "définitive". Ça se serait produit au moins une dizaine de fois, au point que les officiers allemands de la commission d'armistice se sont plaints auprès de Vichy... »

Je commençais à trembler pour Cat. Savait-il où il mettait les pieds ? Cette ville qu'il se vantait de si bien connaître était cruelle et implacable, la vie n'y compte pas pour grand-chose et les policiers eux-mêmes ont adopté les méthodes des pires gangsters. (Je ne parle pas de votre service depuis la Libération, où j'ai été traitée correctement, et aussi jadis, par M. l'inspecteur Bridel qui a été particulièrement gentil avec moi.)

Le temps s'écoulait, et parfois l'un de mes compagnons consultait sa montre. Ils paraissaient avoir un rendez-vous tard dans la nuit. Nous avions bu deux bouteilles de champagne, Mallet en commanda une troisième. L'atmosphère autour de nous était à la fête. Outre les illuminations de la salle, des lumières brillaient en contrebas au club Les Dauphins et autour de la piscine à ciel ouvert – et au-delà c'était la mer, vaste et obscure, sur laquelle montait un léger brouillard, en harmonie avec mes angoisses. Le peu d'appétit que je ressentais en arrivant, je l'avais perdu au cours du repas. Les autres, après la fameuse bouillabaisse, se régalaient de langoustes mayonnaise et ensuite de fraises à la crème. Le restaurant La Réserve ne manquait de rien pendant la guerre, au contraire de la plupart des établissements locaux. Parmi les convives, je repérais des artistes connus, de cinéma ou de music-hall. On remarquait aussi un couple d'officiers fritz aux uniformes couverts de galons. Quand nous partîmes, Spietz les salua d'un « *Heil Hitler !* » au passage. Ils appartenaient probablement à la commission d'armistice, car c'était l'époque où la zone libre n'était pas encore envahie. Les Allemands, il y en avait beaucoup déjà sur la Côte d'Azur, mais leur tenue civile faisait que de manière générale ils restaient discrets.

Il était plus de minuit quand nous regagnâmes la Monaquatre. Le dernier tramway d'Aix avait quitté le terminus de Marseille depuis plusieurs heures. Cat me rassura : nous déposerions ses amis dans le centre et garderions la Renault, avec ses permis de circuler, afin de retourner chez nous. Son propriétaire, le « petit Lulu », n'y voyait pas d'inconvénient. Nous prîmes le boulevard de la Corderie, laissant sur notre gauche la forme sinistre du fort Saint-Nicolas. Je savais désormais que d'autres agents venus d'Allemagne y étaient enfermés, et je frissonnai. L'auto se rapprochait du quartier de la Plaine pour aller se garer dans une petite rue. Spietz et Mallet descendirent.

« On revient. »

Je ne comprenais pas. Ne les avions-nous pas raccompagnés chez eux ? Quoique j'ignorais où ils habitaient. Mais Louis avait coupé le contact. Nous étions arrêtés à proximité d'un réverbère. Il se pencha vers moi pour m'enlacer. Je le laissai faire, naturellement. Cependant son attitude semblait un peu forcée. Il m'embrassait, sans aller plus loin, et murmura : « Tu comprends, ma poule, faut que je sois prêt à redémarrer… »

Au bout d'un quart d'heure environ, nous entendîmes des coups de feu. Quatre, cinq, je ne sais plus, qui me parurent assez lointains. Puis le bruit d'une course. Deux silhouettes revenaient en courant et se jetèrent sur la banquette arrière.

« Fonce, Louis ! Allez, grouille ! On les a eus... »

CHAPITRE XXVIII

« L'EXPRESSION EXACTE
DE LA VÉRITÉ »

[Suite des déclarations d'Aline Bockert aux inspecteurs de la BST de Metz, le 9 avril 1945.]

"À NICE nous nous sommes installés à l'hôtel Hermitage.

"Mon travail consistait à prendre les renseignements apportés par les indicateurs et de [sic] les transmettre au service exécutif, et assez souvent de faire l'interprète aux interrogatoires.

"Formation du S.D. de NICE : Chef de service l'Hauptsturmführer RETZEK. Pouvant s'identifier avec le capitaine SCHMIDT. − 1m.80, brun − 35/40 ans, légère calvitie, visage allongé, yeux bleus − corpulent − Parlant très bien le français. FISCHER (Hauptsturmführer) adjoint au Chef de Service RETZEK. La première section était commandée par l'Obersturmführer FRISCHEISEN. Il était également le chef des sections II et III. La section I était sous les ordres de SCHULTZ qui avait sous ses ordres l'Oberscharführer[1] NAGEL qui s'occupait du communisme, NEBEL de la Propagande ennemie et enfin un alsacien prénommé MARCEL originaire

---

1. Adjudant, dans la SS.

de Strasbourg. La section V (répression criminelle) Kripo était commandée par NIVERA. Et enfin
la section VI (affaires extérieures – S.D.) avait
comme chef l'Obersturmführer MOSER secondé par
WORBEKIN et de la dactylo TREIBHOLZ.

"En outre, l'Unterscharführer FILLMANN s'occupait des rapports avec les autorités italiennes, et
[illisible] alias "GAUTHIER" faisait la liaison avec
le Consulat Italien.

"Agents que j'ai connus au S.D. de Nice :
COSOLA chef du groupe Irrédentiste[1] d'Action
[illisible] et chef du Fascio. Donnait des renseignements sur les anti-fascistes. CORSAGLIA André,
ancien membre des [sic] P.P.F. – s'occupait
d'affaires assez importantes ; GARNIERO Louis, né
le 2.11.1909 à Nice – remplissait les fonctions de
chauffeur indicateur, et s'occupait sérieusement du
dépistage des juifs. DUSSAGE, milicien et en même
temps chauffeur indicateur de la section V. Il doit
être employé actuellement au service de Vérone
ou Milan en Italie. PANIZZI François, né le 20.6.02
à Nice, domicilié au 22, rue Paganini à Nice
– P.P.F., chauffeur indicateur de la section IV.
GALAVIEILLE Pierre, né le 21.4.02 à Montpellier,
Médecin Légiste de l'Hôpital de Nice. P.P.F.,
recrutait des agents ; se trouve actuellement à
COMO (Italie du Nord) à [sic] luftwaffelazaret[2] où il
exerçait les fonctions d'aide chirurgien ; [illisible]
DAVIS, soi-disant d'origine hongroise, travaillait
pour la section VI (surveillance des organismes

---

1. Mouvement nationaliste expansionniste italien, qui prospéra
sous le fascisme de Mussolini.
2. *Luftwaffe Lazarett* : hôpital de la Luftwaffe.

Italiens) ; Baron de PAGANINI, soi-disant Viennois,
mais en réalité doit être originaire du Tyrol,
capitaine d'honneur de la Wehrmacht, agent de
renseignements de la section VI (travaillait sur
l'Espagne et s'occupait particulièrement des
devises). Doit se trouvait [sic] actuellement en
Italie. Son frère Freddy, agent spécialisé pour
l'Espagne, doit se trouvait [sic] également en
Italie. Famille SCHIFFMANN juive, faisait la liai-
son avec les agents travaillant sur l'Espagne ; X...
noir, se disant magicien, transportait les juifs à
la frontière espagnole et les faire [sic] prendre
par nos services après leur avoir soutiré de fortes
sommes d'argent. Dr. VIAL, médecin, ami intime de
RETZEK devait faire des affaires importantes avec
ce dernier. Dr. MESING élu chef du P.P.F. après
la mort du Dr. TOURTOU, en relations constantes
avec toutes les sections du S.D. de Nice, se trouvait
dernièrement à NEUSTADT.

"Au mois de mars 1944, j'ai été déplacée à RIGA
(Léthonie [sic]) sur accusation du chef du S.D. de
Marseille, MUHLEN qui prétendait que j'étais un
agent double et que je ne pouvais rester dans mes
fonctions à Nice. Mes fonctions à RIGA et plus tard
à KOVNO (Lituanie) étaient celles d'employée aux
écritures. En juillet de la même année, en raison
de l'avance russe, nous nous sommes repliés à
RIGA et huit jours plus tard, sur ma demande j'ai
regagné BERLIN où j'ai reçu l'ordre de rejoindre
le S.D. de Paris sous les ordres de la Brigade
Skorzeny, groupe autonome jouissant d'une prio-
rité absolue sur tous les autres services de Police
allemande. Le grand chef de cette organisation
était le Obersturmbannführer SKORZENNY [sic] qui

était secondé par le Hauptsturmführer _BESEKOW_ et dont leur [sic] siège était à BERLIN. Mon chef de mission à Paris était l'Obertsurmführer _HAGEDORN_. J'ai connu en outre à Paris _KAUTZ_ qui venait des services de l'Abwehr de l'hôtel Lutetia. Le 15 août, notre convoi composé de quatre voitures :

1ère voiture – KAUTZ, une messine qui travaillait à la A.E.G. et moi-même.

2ème voiture – HAGEDORN

3ème voiture – _LITT_ (faisait la liaison entre nos services et ses agents) sa femme et ses deux enfants.

4ème voiture – ALBERT, sa femme, sa maîtresse et sa mère. J'ignore les fonctions de ce dernier dans notre service.

"À Belfort, j'ai fait la connaissance de LEO et de VALENTIN unterscharführer, tous deux appartenant au groupe SKORZENNY.

"Dans cette ville, nous avons recruté une dizaine d'agents parmi nos agents qui avaient perdu leur formation en raison de la débâcle. Fin septembre, nous nous sommes repliés à FISCHINGEN près de LOERRACH. La plupart des agents entre autres LEO _BAUMGARTNER_, VALENTIN, _HAGEDORN_, _GAUTZ_, sont revenus à BELFORT dans le but de créer un réseau d'informateurs qui seraient envoyés à l'arrière des lignes ; mon activité consistait uniquement à m'occuper de l'hébergement et de la restauration des agents français que nous avions recrutés à BELFORT avec leurs familles.

"Fin octobre, sur ordre reçu de Berlin, nous nous sommes repliés à BADENWEILER. C'est dans cette dernière localité que nous avons reçu un renfort d'agents français recrutés dans toutes les villes environnantes et un groupe de miliciens et

P.P.F. et que nous étions chargés de former en vue de leur affectation dans nos services.

"En novembre 1944, j'ai été désignée pour partir à SCHWAZ [sic] (Tyrol) avec un groupe de miliciens français dont les noms suivent : Mme AGNELY Lokoma dite MIMI (secrétaire particulière de DARNAND), Mlle AGNELY Chantal, AGNELY Claude, AGNELY Serge, AGNELY Gérard – HARISSAL surnommé Dartagnan – AMICO – BIARI – BOUVREAU.

"À SCHWATZ [sic] nous avons été soumis à une instruction qui a duré 9 semaines. J'ignore encore aujourd'hui le but exact de ce séjour à SCHWAZ [sic].

"Début février, j'ai été rappelée par télégramme par Berlin et envoyée en mission avec l'Hauptsturmführer DOBRITSCH à San-Rémo (Italie). La mission consistait à remettre une valise pleine d'argent italien à l'Hauptsturmführer NEISSER, un de nos officiers détaché en Italie. Quelque temps après, j'ai rejoint BERLIN [barré] MILAN d'où j'ai obtenu les papiers nécessaires me permettant de rejoindre mes services à Berlin. ; mais arrivée à MUNICH je mettais à exécution le projet suivant : atteindre la zone des armées le long du Rhin pour passer en France dès l'arrivée des troupes alliées."

CHAPITRE XXIX

L'HOMME AU COMPLET BLANC

Le lendemain, nous nous sommes réveillés très tard, dans la chambre de la bastide. Je n'ai fait aucun commentaire concernant notre soirée sur la Corniche ou sur les détonations dans les ruelles derrière le Vieux-Port. Cat n'aurait pas répondu, ou se serait mis en pétard. Mes nerfs à moi étaient suffisamment ébranlés sans qu'il fût nécessaire d'en rajouter.

Nous devions rendre la Renault à Lucien Porteur. Mais pas tout de suite. Louis a proposé une excursion aux calanques. J'ai accepté, pensant que cela lui changerait les idées, il semblait lui aussi en avoir besoin. La conversation de la veille, je le sentais, l'avait alarmé. Il comprenait que le service de Herzog pouvait le conduire en des lieux pires que le fort Saint-Nicolas. La villa du commissaire Blémant sur le chemin de Toulon, par exemple, et, à l'issue d'une séance de torture à la tenaille ou à l'électricité, un plongeon irrévocable au fond de la mer. Celle-ci, je préférais que nous l'admirions en touristes. Et les calanques c'est l'endroit idéal pour ça.

L'après-midi s'avançait déjà lorsque, après avoir traversé l'agglomération de Marseille, nous avons gagné les Baumettes et abandonné la voiture sur un sentier. De là, on descendait à pied à travers la pinède vers la calanque de Sormiou et son minuscule port de pêche

– mais je suppose que depuis que vous êtes en poste ici à la Surveillance du territoire, vous les connaissez. Louis a fait le guide, il m'a indiqué les hautes falaises du Cancéou et de l'Extrême Pointe, avec la Momie sur son flanc. Le port et la plage pittoresque peuplée de coques de bateaux alignées sur le sable avaient attiré quelques promeneurs. Nous sommes allés à l'écart pour nous déshabiller et nous baigner. Je vous raconte cela, monsieur le commissaire, parce que c'étaient mes derniers beaux souvenirs avec Cat, en les écrivant j'ai la sensation de les revivre. Je souhaite que vous compreniez que nous n'étions qu'un simple couple de jeunes gens qui s'aimaient (moi, du moins), et qui espéraient faire leur vie ensemble. La guerre, la politique, ce sont des choses qui nous sont tombées dessus – nous n'avions rien demandé ! et après tout, selon la manière dont le vent tourne, n'est-ce pas, on risque de payer très cher ses opinions. Or ce ne sont que des opinions, pas des crimes. Songez à la pauvre Cécile Cat... elle aussi aurait plus mérité de l'existence, c'était une jolie personne et une brave fille.

Pendant que nous restions allongés au soleil sur les pierres, Louis m'a raconté qu'il avait fait de l'escalade dans les environs avec ses copains de la base d'aviation d'Aix, avant la défaite. Ils gagnaient d'abord la grotte du Capélan, s'engageaient dans une cheminée qu'il fallait connaître, aboutissant à une excavation qui permet, par des rochers brisés, de déboucher sur une large terrasse, au pied de la Momie. L'ascension s'effectuait ensuite par un système de cheminées et de fissures, on arrivait à une brèche, d'où l'on escaladait la Momie pour en atteindre le sommet. Cat et ses camarades étaient descendus en rappel, puis ils avaient grimpé le Bec de Sormiou. De là-haut, la vue était vertigineuse...

Nous sommes retournés à Marseille au crépuscule. J'avais faim, l'appétit me revenait. « On dîne à La Dorade », a déclaré mon chauffeur. Chez lui, c'était le genre de suggestion qui n'admet pas de réplique. Le front de Cat se plissait, son nez se pinçait, je connaissais bien cette expression ; les soucis semblaient eux aussi au menu. Mais pour ma part j'étais contente à l'idée de manger chez Charles et ses copains corses. Au Panier, nous avons rangé l'auto de Lulu Porteur dans son box en sous-sol et rabattu le rideau métallique. Nous sommes passés ensuite par le quai des Belges. J'ai jeté un coup d'œil mais je n'ai pas aperçu Brancaleoni derrière la grande vitre du Cintra. Ni Mallet ou Spietz. La foule sur les quais et au coin de la Canebière était dense et animée, les trams circulaient en faisant jaillir des étincelles, pour ce qui s'annonçait une soirée marseillaise typique, dans l'air un peu lourd et les relents de marée et de goudron qui flottaient du port.

Nous avons pris des petites rues à angle droit au-dessus du quai de Rive-Neuve, pour rejoindre le restaurant. Cat est entré devant moi, paraissant nerveux. Il régnait une ambiance inhabituelle. Mathieu Giudicelli, accoudé au zinc, vitupérait : « À cent pieds sous terre ! C'est là que je les mettrai, ces salopards ! Ils n'auront que ce qu'ils méritent ! Vous verrez de quoi je suis capable ! *Ùn si passerà cusì*[1] ! Je les achèverai d'une balle dans la bouche, ces traîtres, du premier jusqu'au dernier ! »

Il vint nous serrer la main. J'appris que la veille, peu avant une heure du matin, des inconnus avaient tiré des coups de feu en direction de La Dorade au moment où lui et ses hommes relevaient à demi le rideau de fer

---

1. « Ça ne se passera pas comme ça », en corse.

pour sortir. « Ils visent comme des manches. Un seul de nous a été touché. »

Cat, d'une voix pas très naturelle, demanda qui. Mathieu répondit par un geste de désolation :

« Vous le connaissez. Sauveur, le neveu d'Étienne et de Doumé Paoleschi. Il est à l'Hôtel-Dieu. La balle a perforé le poumon. Mais il en réchappera, a dit le toubib… »

Défaillante, je m'enquis de si notre interlocuteur avait une idée des coupables. Je le vis hausser les épaules.

« La bande de Venture Carbone. C'est pas impossible. On se renseigne. » Puis il se pencha en avant, pour chuchoter : « Je ne devrais pas vous le dire, mais comme vous êtes des amis… Cette nuit le chef de l'Intelligence Service à Marseille venait discuter avec Charles dans l'arrière-salle. Il est reparti un peu en avance. Peut-être lui qu'on voulait buter… »

Mathieu nous laissa manger. Ce soir, c'est Cat qui manquait d'appétit. Il marmonna que Spietz était un imbécile, « avec ses initiatives à la con ». Ce genre d'opération ne faisait absolument pas partie de leur mission en zone libre. (Plus tard, à la maison, il m'expliqua plus précisément qu'en principe ils assuraient des tâches de renseignement, pas des actions offensives. D'ailleurs, lui était contre depuis le départ. Les deux autres devaient être complètement mabouls. À moins d'avoir reçu des instructions nouvelles et secrètes. Mais de qui ? Il soupçonnait à présent un certain Voelkel, dont j'ignorais tout.) En attendant, j'avais le moral dans les chaussettes. « Et l'Algérie ? insistai-je, posant mes couverts et le fixant dans les yeux. Quand partons-nous ? »

Il fuyait mon regard. J'avais une fois de plus envie de hurler. Je sentais venir notre deuxième dispute, qui serait plus violente, plus déchirante que celle au bistrot de la petite place des Moulins. Pour me calmer, je parcourus la salle des yeux, et les individus louches ou intrigants qui en composaient le public. Mon attention fut attirée par une paire curieuse : un homme en complet blanc et un hercule.

Celui en blanc me parut une espèce raffinée de maquereau : tiré à quatre épingles, des bagues et chevalières aux doigts, une large cravate à losanges, nouée de biais de façon étudiée, une pochette violette et aux pieds d'élégants souliers à deux tons, comme en chaussent les gangsters italiens dans les films. Environ trente ans – à peu près mon âge donc à l'époque –, la figure joufflue, bouffie presque, la bouche mince, des épaules larges de bagarreur, l'air vif et remuant d'un type qui a de la peine à se contrôler. Mais il dégageait surtout de la force et de l'obstination, je m'en rendais compte rien qu'à l'observer de loin, parmi la foule des dîneurs. Ce n'était pas un individu ordinaire. Et bien qu'il s'habillât comme un malfrat, je n'avais pas véritablement l'impression que c'en était un.

L'hercule semblait plus âgé que son compagnon, et aussi appartenir plus nettement au Milieu. Ses avantbras de catcheur se terminaient par des mains énormes et poilues, de vrais battoirs, couvertes de cals. La joue droite portait une interminable balafre, sur un visage large au teint terreux. Bref, une espèce de monstre que je n'aurais pas voulu croiser dans un coin sombre. Au demeurant, il affichait un sourire des plus doux et gentils, comme quoi il ne faut pas conclure trop vite. C'est l'homme en blanc que je jugeais le plus inquiétant.

Au passage de la serveuse, je m'informai. La gravure de mode avait pour surnom « monsieur Robert », et la brute épaisse « Bébert le Svelte ». Le qualificatif nous fit éclater de rire, Cat et moi. Le joufflu releva la tête, d'un mouvement vif. Un éclair de ses petits yeux froids me transperça. Puis il étudia mon ami, avant de retourner à son plat de pâtes sans nous manifester plus d'intérêt.

Vers la fin du repas, Charles s'approcha pour nous saluer, traînant les pieds dans ses espadrilles, et touillant son éternel verre de bicarbonate. Il nous aimait bien, je pense.

« Adieu, mes petits, ça vous a plu ? C'était bon ? » Puis, baissant le regard négligemment : « Mathieu vous a dit ? On a eu du grabuge hier soir. »

J'opinai du menton. Je me sentais extraordinairement mal à l'aise, ça devait se remarquer. Louis a fait un brin de causette à ma place, puis, avec un mouvement du menton vers l'autre bout de la salle :

« C'est qui, le mec en costard blanc, qui dîne avec King Kong ? »

Le patron de La Dorade a secoué la tête, l'air grave, désapprobateur.

« Pas des fréquentations pour vous. Le Svelte (il a gloussé de rire tout de même), c'est une figure du Mitan[1]... Il est malin comme un singe, mais docile comme un agneau. Faut pas lui chercher noise, tout de même ! Et "monsieur Robert", le distingué, c'est un flic. » Constatant notre surprise, Charles a poursuivi : « Il était en poste à Marseille un peu avant la guerre, il y connaît tout le monde. Il est revenu après la défaite, quoique c'est un gars du Nord, à l'origine. Vu ses méthodes trop originales, sa hiérarchie l'a mis à pied. À présent il carbure pour les Renseignements généraux mais surtout pour lui-même, je crois... Lui non plus, c'est pas un plaisantin, je vous conseille de l'éviter si vous voulez pas d'ennuis. »

1. Le « Milieu », en argot de la pègre.

177

En allant aux toilettes, je dus passer tout près de ce drôle de couple. L'homme au complet blanc dégageait de forts effluves d'eau de toilette. Pourtant il n'avait rien d'un inverti, je vous assure (mais peut-être l'avez-vous connu dans la police, monsieur le commissaire ? car vous comprenez sans doute de qui je veux parler), avec ses larges épaules et son expression mauvaise prête à la bagarre. Il ne m'a pas prêté attention cette fois lorsque j'ai frôlé sa table. Mais je ne sais pourquoi, ce type-là me filait tout particulièrement les chocottes.

Après dîner, nous avons pris le tramway de retour vers Aix. Louis me paraissait si abattu que, une fois à la maison, je trouvai le courage de le questionner franchement. Il se laissa aller à tout confirmer de ce que je pressentais. Je ne l'avais jamais vu ainsi. Voilà donc ce qu'il me raconta, monsieur le commissaire :

En attendant notre départ pour l'Algérie, sa mission était de recueillir des renseignements militaires pour le compte de son chef Herzog. Il a ajouté qu'il ne travaillerait complètement que lorsqu'il serait à Alger, qui était le poste que Herzog lui avait désigné, mais que néanmoins, pendant notre séjour en région marseillaise, il devrait fournir déjà quelques renseignements. Comme j'insistais, il admit qu'il n'était pas seul à travailler pour les Boches dans cette ville (ça ne m'étonnait pas, vous vous en doutez), mais qu'il avait quelques amis, comme Brancaleoni, Mallet, Spietz, Lucien Porteur, et d'autres que je n'avais pas rencontrés : un certain Francis (Peretti) et un autre Lucien, qui n'avait rien à voir avec le Lulu qui nous avait prêté l'appartement et l'automobile. Je pressai Cat de questions.

« Mais en principe vous devez lui fournir quoi, comme renseignements, à Herzog ?

« – Les Allemands s'intéressent à tout ce qui touche l'armée d'armistice, notre marine de guerre et notre aviation... Ils veulent connaître les noms de tous les officiers à partir du grade de capitaine, les emplacements des dépôts clandestins d'armes et de matériel, les mouvements de troupes, plus spécialement vers l'Afrique du Nord, et en savoir un maximum sur la propagande anglophile, le moral de la population, le mouvement gaulliste, l'acheminement de volontaires vers l'Angleterre...

– Et peut-être les filières pour les réfugiés juifs ? (Je pensais à M. Lerner, le peintre.)

– Ça également, mais c'est plutôt Brancaleoni qui s'en charge.

– Ha ! ton bon ami Brancaleoni... »

Je me tus. À quoi bon poursuivre ? J'étais désespérée. Je ne voyais désormais, pour nous, qu'un avenir rempli de risques et d'embûches. Louis et ses camarades collectionnaient des adversaires de plus en plus dangereux : le contre-espionnage français, militaires et policiers réunis, avec le fameux commissaire Blémant et ses « mesures D », et désormais les gangsters corses du clan Guerini qui entendaient venger ce pauvre Sauveur... Sans compter les Anglais de l'Intelligence Service, lesquels prenaient certainement au sérieux l'hypothèse d'un attentat contre le chef de leur réseau à Marseille.

Cat, à qui j'avais versé un pastis, et à moi aussi, me donna l'impression de se reprendre. Il m'informa, sur un ton plus maître de lui, qu'avant le départ de Stuttgart, Herzog avait promis de lui faire parvenir un poste émetteur de TSF, afin qu'il puisse transmettre en Allemagne les renseignements recueillis sur place. Se servir d'un tel appareil avait constitué l'essentiel de l'apprentissage dont Louis et ses camarades avaient bénéficié là-bas, de la part de l'adjoint de Herzog, un spécialiste en transmissions nommé le Dr Stuble. Ce poste de TSF se trouvait déjà à Marseille, chez un ami. Je lui demandai le nom de cet ami. Cat eut un geste évasif. « Moins tu en sais, chérie, mieux ça vaudra si nos affaires tournent au vinaigre. » En effet, je vous le jure, monsieur le commissaire, j'en savais très peu ! D'ailleurs, ce poste, ajouta-t-il, n'était pas destiné à être installé à Marseille : il ne le monterait qu'une fois que nous serions à Alger.

Quelques jours plus tard – ce devait être aux alentours du 10 avril –, Louis est arrivé à la maison avec une valise en cuir très lourde, de couleur marron clair. Il m'a dit que c'était son poste émetteur qu'il apportait, comptant le dissimuler dans un coffre en bois, afin que, selon ses termes, « il ne lui arrive pas d'histoires pendant le transport à Alger ». Cat m'a montré le contenu de la valise. J'ai vu une boîte carrée en métal noir comprenant des cadrans avec des aiguilles, des écouteurs et des boutons de réglage. Mais dès qu'il eut soulevé le couvercle, il se rendit compte, à une enveloppe placée à l'intérieur, que ce n'était pas la sienne. Louis m'expliqua s'être trompé car toutes les valises étaient les mêmes, il dut rapporter le poste le lendemain. C'est alors, en revenant de Marseille ce soir-là, qu'il m'annonça son prochain voyage à Stuttgart, où il était convoqué par Herzog. Il venait de l'apprendre en déchiffrant un message que lui avait donné un de ses « amis » en ville. (Je précise que Louis gardait toujours dans ses affaires un livre intitulé *Sans armure et sans armes*, ou un titre approchant. C'est à l'aide de pages de ce livre qu'il déchiffrait ou composait les messages en code.) Inquiète, ou exaspérée, je l'interrogeai :

« Mais quel ami ? Tu vas me le dire, enfin ? Je n'en peux plus, de tous ces mystères... »

Il hésita.

« Voelkel.

– C'est un Alsacien ?

– Non. Un Allemand.

– Il travaille à la commission d'armistice ?

– Non, pas du tout. C'est un truand. Il a fait de la prison. Pour vol, trafic de cocaïne, détention d'armes, détention d'objets saisis, et je ne sais quoi encore... Ah oui, coups et blessures. »

J'ironisai, pour cacher ma consternation.

« Tout ça à la fois ?

– Non. Entre 1925 et 1940. Les premières fois, en Allemagne, je suppose. Quant à sa condamnation de 1940, c'était pour "propos injurieux envers la France". »

Le jour d'après, avant de quitter l'appartement de la Cortésine, craignant que cette convocation urgente en Allemagne ne lui réservât quelque surprise désagréable, Louis inscrivit sur un carnet trois noms et adresses, en m'expliquant que s'il n'était pas revenu dans un délai de quinze jours, je devais aller dénoncer par vengeance personnelle ces trois personnes aux autorités françaises, comme travaillant pour le compte du service allemand de renseignement. Terrifiée par cette perpective (les agents du contre-espionnage me suspecteraient forcément moi aussi, tandis que les individus dénoncés, eux, se vengeraient en me chargeant à leur tour...), je rangeai le carnet au fond d'un tiroir, souhaitant ne plus y penser. Faire ce que Cat me disait équivalait à me jeter dans la gueule du loup !

J'accompagnai Louis à la gare Saint-Charles. Nous étions le 13 avril. Je suis superstitieuse, cette date ne présageait rien de bon. Marchant depuis l'arrêt du tramway pour retrouver notre maison vide, j'étais assaillie par les idées noires. Alger ne m'avait jamais semblé aussi lointaine. J'avais aussi l'impression que depuis la gare de Marseille quelqu'un me suivait. Un jeune homme qu'il me semblait avoir repéré déjà à plusieurs reprises, marchant ou assis derrière moi au fond du tram. Arrivant à la Mounine, je ne le voyais plus. Mais le soir je constatai qu'un type bizarre rôdait devant l'entrée du jardin. Seule dans le grand lit, je tressaillais au moindre craquement et eus beaucoup de mal à m'endormir.

Quarante-huit heures après le départ de Cat, je déchirai la page du carnet où étaient copiés les noms et adresses. Mais je m'en souviens encore très bien. C'était :

Brancaleoni Pascal, 41 *bis* rue de la Rotonde.

Mallet Henri, hôtel de l'Étoile, rue Poids-de-la-Farine.

Et Krainer Lucien, 9 rue Canonge. (Je sus plus tard que ce nom-là était faux, mais l'adresse exacte.)

Les jours passèrent. J'étais seule. Louis ne revenait pas, ne donnait pas de ses nouvelles. Un matin, je n'y tins plus et fouillai dans les affaires qu'il avait laissées. Son revolver avait disparu, mais le long couteau de chasse était encore là, en haut d'une étagère. Je remarquai, avant de le remettre à sa place dans l'armoire, une série de petites encoches creusées dans le bois du manche, et que la lame semblait ébréchée en un endroit.

Mes formalités pour Alger étaient accomplies, je possédais tous les documents nécessaires. Il ne restait qu'à acheter nos places sur le bateau, mais pour cela je devais attendre le retour de mon compagnon. Ce dernier n'avait d'ailleurs guère avancé de son côté. Je le soupçonnais d'avoir utilisé ses propres démarches comme un prétexte pour se rendre seul à Marseille ou ailleurs et trafiquer je ne sais quoi avec ses « amis ». Lorsque je pensais à cela, mon amour se teintait d'amertume et d'irritation à son égard. C'est ce qui me fit commettre une nouvelle bourde, laquelle devait avoir les conséquences les plus graves. Mais il est trop tard à présent pour le regretter...

Je me rendis un après-midi à Marseille pour visiter Sauveur Campana qui était toujours soigné à l'Hôtel-Dieu.

Il faisait un temps splendide et chaud. Je n'avais rien apporté, ni fleurs, ni chocolats. Cela m'eût paru un peu ridicule. Peut-être une autre fois, me disais-je, s'il me prenait fantaisie de revenir. Je manquais d'expérience en ce qui concernait les voyous marseillais. Un agent de police demeurait assis sur une chaise dans le couloir, devant la porte de la chambre, et lisait *Le Petit Provençal*. J'ignore si on l'avait posté là pour surveiller Sauveur ou au contraire le protéger d'une nouvelle agression (qui, moi seule le savais, n'avait plus lieu d'être). Il me demanda si j'étais de la famille. J'optai pour la vérité et répondis : « Une amie. » Le gardien de la paix a haussé les épaules, puis il m'a fait signe de passer. La lecture du journal l'intéressait davantage. J'étais vêtue d'une jolie robe claire et je m'étais maquillée, mais pas trop. Car je ne souhaitais pas ressembler à une de ces femmes que les Guerini et autres envoient travailler sur le trottoir, comme j'en avais tant vu déjà dans cette ville. Je suis entrée dans la pièce, qui sentait la sueur et les médicaments. J'avais du remords, vous comprenez, pour l'affaire de l'autre nuit devant La Dorade ; bien que je ne fusse pas responsable, naturellement, puisque les autres m'avaient embringuée là-dedans sans prévenir. Le Corse était seul. Il était réveillé et me regarda, surpris.

Je ressentis un certain trouble. Sauveur reposait torse nu, sauf le large bandage qui entourait sa poitrine, là où la balle tirée par Spietz ou par Mallet avait pénétré. Les bras du jeune homme, étendus sur le drap blanc, étaient maigres mais fermes et musclés. Sur l'avant-bras droit, je notai un tatouage représentant une ancre de marine. Et, sur l'épaule gauche, un fier coq gaulois dessiné en bleu avec, en dessous, l'inscription :

« Pas de chance ».

CHAPITRE XXX

QUELQUES PRÉCISIONS

quarante six   *vingt quatre avril*

Atteinte à la
Sûreté extérieure de
l'État

D A V I D *Francis*
à la D.S.T. – 3ᵉ Section –
PARIS

c/ BOCKERT *Aline*

Vu la commission rogatoire ci-jointe, en date du 11 janvier 1946, de M. DURAND, *Juge d'Instruction près la Cour de Justice de Nice, à nous transmise pour exécution par M. le Doyen des Juges d'instruction de la Seine, le 21 janvier 1946 et relative à la procédure suivie contre la nommée* BOCKERT *Aline inculpée d'atteinte à la Sûreté extérieure de l'État.*

Vu le permis de communiquer à nous le 23 avril par M. PEREZ, *Juge d'Instruction près la Cour de Justice de la Seine*

Assisté de l'inspecteur LECA *de notre service, nous transportons à la prison de* FRESNES *où étant entendons la nommée* CASIER *Rosalie[1] dite* DEVILLER *Denise, vingt-six ans, née à* OPWYK [sic] *(Belgique), qui a déposé comme suit,*

"*J'ai connu Aline* BOCKERT *en septembre 1944 à Belfort : je la connaissais déjà de réputation mais c'est à cette époque qu'elle m'a été présentée par Arno* BESEKOW *comme devant organiser un service de sabotage*

QUESTION : *Que savez-vous de l'activité d'Aline* BOCKERT ?

RÉPONSE : *j'ai su par* BESEKOW *et par un rapport faisant partie du dossier "Jeanne" nom du réseau* BESEKOW *qu'Aline avait eu une activité au service de l'Allemagne dès 1937 à peu près. Elle s'intéressait aux milieux militaires.* BESEKOW *ne tarissait pas d'éloges sur elle et il m'a dit qu'elle avait été arrêtée à Paris, mais relâchée par suite de l'arrivée des troupes allemandes.*

"*J'ignore à peu près ce qu'Aline a fait de Juin 1940 jusqu'à l'époque où elle a séjourné à Nice et travaillé sous les ordres de* R E D Z E C K.

"*Au cours d'un dîner en compagnie de* BESEKOW *et de* REDZECK *j'ai eu quelques précisions sur l'activité d'Aline à Nice. Elle se spécialisait surtout dans la recherche des Juifs, et procédait de la façon suivante. Elle était toujours armée et se promenait en automobile ;*

---

1. *Alias* Rosita Casier *alias* Yvonne ou Rosita de Villiers. Cette jeune femme était la maîtresse du *Hauptsturmführer* Besekow ainsi que de Michel Harispe, ancien cagoulard et important agent SRA.

quand elle rencontrait une personne présentant quelque peu le type sémite elle arrêtait, obligeait cette personne à l'accompagner au siège du S.D. Elle la faisait déshabiller, s'assurait de son ariénneté [sic] et la faisait écrouer. REDZECK m'a dit qu'elle en amenait jusqu'à huit ou neuf par jour.

"Aline m'a confirmé les dires de REDZECK lors d'une conversation que nous avons eu [sic] à Belfort. J'ai su, par elle également, qu'elle aimait beaucoup assister aux interrogatoires et qu'elle en avait effectués elle-même.

"Elle terrorisait la population de Nice.

"Par la suite Aline BOCKERT a été envoyée en Russie où elle a été activement recherchée par le Guépéou[1].

"Elle est revenue à Paris où elle est entrée dans le service BESEKOW et a travaillé avec Léo _N E U M A N N_.

"Comme je vous l'ai déjà dit, quand je l'ai vue à Belfort elle était chargée de former un service de sabotage et contactait principalement les femmes à qui elle apprenait le maniement des postes radios et des armes.

"Par la suite elle est allée à l'école de BADENVALER [sic] puis à SCHWATZ [sic].

---

1. Cette appellation de la police politique soviétique (GPU) est restée longtemps en usage, bien que l'organisme ait été remplacé dès 1923 par l'OGPU puis en 1934 par le GUGB (direction principale de la Sécurité d'État) au sein du NKVD, commissariat du peuple aux Affaires intérieures.

"Elle est venue en Avril 1945 à San Remo, où elle devait travailler avec N E I S S E R, ce dernier n'en a pas voulu et l'a renvoyé [sic] à Milan.

"Je n'ai plus eu de ses nouvelles par la suite.

"Je n'ai plus rien à vous déclarer au sujet de cette personne."

Lecture faite, persiste et signe
Le Commissaire de police

Dont acte pour être transmis à Monsieur le Juge mandant.

CHAPITRE XXXI

VILLA FANTAISIE

Le temps s'écoulait et Louis ne revenait toujours pas. J'étais retournée une fois à l'Hôtel-Dieu. Le blessé n'était pas seul, son oncle Étienne Paoleschi lui rendait visite. Ce dernier ne parut guère étonné de me voir ; comme toujours, sa large figure tannée demeurait impavide. Lui et Sauveur échangèrent seulement quelques paroles brèves, en langue corse, avant que le maquereau de la bande de Mathieu Giudicelli ne s'en aille, nous laissant un peu d'intimité. Quant à moi, je ne savais pas trop bien vers quoi se dirigeait notre relation. J'aimais toujours Cat, même si son comportement récent m'avait déçue. Le caractère corse que je découvrais avec Sauveur Campana me rebutait tout en exerçant sur moi une fascination très forte. Pour résumer, ces hommes originaires de l'île de Beauté que je fréquentais depuis quelques semaines à Marseille se tenaient au-dessus des lois, se soutenaient entre eux, manifestaient des sentiments nobles et chevaleresques. En revanche, je n'avais jamais rencontré de pareilles têtes de bois ! Il est presque impossible de faire entendre raison aux Corses et de les faire consentir à changer d'avis. Mais ils sont intelligents, astucieux, imaginatifs. Et les plus beaux ou virils d'entre eux disposent d'une puissance incontestable de séduction, que je ressentais moi-même de la part du jeune truand. Je quittai l'hôpital toute rêveuse et ne repris contact avec la réalité que lorsque mon tramway approcha de Bouc-Bel-Air.

Louis revint d'Allemagne le 20 avril.

Ses poches étaient bourrées de billets de banque. Son premier geste, après m'avoir serrée dans ses bras, écrasant mes fleurs (je remontais du jardin), fut de m'en donner plusieurs liasses. Il y avait environ sept mille francs. Je les gardai, pour mon malheur. Ensuite il me raconta toutes sortes de nouvelles, y compris que son surnom, choisi par Herzog, était dorénavant « César ». Il devrait signer ainsi les messages qu'il expédierait, par courrier rédigé à l'encre invisible, ou par TSF, en code depuis Alger. Je me rappelle avoir ri et observé qu'un tel surnom était plus flatteur que le diminutif banal de « Loulou » dont l'avaient affublé ses parents. Cette nuit, j'oubliai mon voyou corse. Le lendemain, Cat me demanda si je voulais bien me rendre à Aix-en-Provence pour tâcher de savoir discrètement où étaient cantonnés les soldats qui avaient été rapatriés d'Égypte. Je lui promis que je m'en occuperais mais je ne l'ai pas fait[1].

Il est parti à Marseille où il avait rendez-vous avec Brancaleoni et Lulu Porteur.

Le soir, il n'est pas rentré.

Je passai la nuit seule, malade d'inquiétude. Afin de me rassurer, je me répétais qu'il avait dû louper le dernier tram. Cela ne s'était jamais produit, mais il faut un début à tout. Certainement Louis reviendrait à la Cortésine avant midi...

---

1. Ici figurait en marge un commentaire au crayon, de la même écriture que je suppose être celle du commissaire Cottentin : *Évidemment, qu'elle dit ne pas l'avoir fait,* idem *sa déclaration de 1942. Complicité avérée d'espionnage ça pouvait aller très loin devant le T.M...* (tribunal militaire).

Le lendemain à l'aube, je fus tirée du lit par de violents coups de sonnette.

J'allai répondre en chemise de nuit, les pieds nus. En même temps j'entendis des coups pleuvoir sur le battant, et une voix forte :

« Police, ouvrez ! »

J'eus à peine le temps de tourner le verrou, que la porte m'arrivait en pleine figure. Sur le palier, je distinguai des agents en uniforme, trois ou quatre, et un homme en chapeau et gabardine beige qui avait l'air d'un inspecteur, comme dans les films. Il braquait un revolver sur moi.

« Madame Beaucaire ? Beaucaire, Aline ? »

On me repoussait contre le mur en vociférant. Deux gardiens me palpèrent, alors que j'étais en chemise. Je peux vous garantir qu'ils prirent leurs aises, tout en ne trouvant rien qui ressemblât à une arme – à part celles naturelles des femmes, mais qui ne me servirent guère car on me signifia mon arrestation. L'inspecteur reluquait la scène avec un sourire grivois. J'étais trop terrorisée pour protester. On me demanda ma carte d'identité et ma carte de ravitaillement, puis on me mit les menottes. Ils fouillèrent ensuite mon sac à main et les meubles, arrachant les tiroirs pour en répandre le contenu sur le sol. Les billets de banque tout neufs étaient dans celui de ma table de chevet, j'y avais à peine touché, pour les courses. L'inspecteur compta six mille sept cents francs qu'il glissa dans un scellé, opérant de même avec certains papiers de Louis qui lui parurent intéressants. Il y avait notamment la recette pour l'encre invisible, et des adresses à Paris, en Suisse et à Barcelone, ainsi que le numéro de téléphone de Herzog à Stuttgart, le 90.442. Je voyais le policier se frotter les mains pendant que ses hommes mettaient tout sens dessus dessous dans notre logis et passaient toutes les pièces au peigne fin. Le couteau de Cat vint rejoindre les scellés dûment étiquetés.

Un peu plus tard, au fil de leur perquisition ils découvraient la valise et son poste de radio, dans le coffre où Cat et moi les avions déposés. L'inspecteur rayonnait de joie.

« Ton compte est bon, ma poulette ! »

Je ne pus que feindre la stupeur.

« Je n'ai jamais vu cet objet !...

– Tiens donc ! Tu te fous de notre gueule ?

– Le coffre devait appartenir aux anciens locataires… C'est sûrement leur valise… »

L'homme ricanait en écoutant mes pitoyables dénégations. Il conclut :

« Tu raconteras ça au juge ! Et tu feras moins ta maline[1], je te le garantis ! Allez, embarquez-moi ça !

– Où m'emmenez-vous ?

– Tu verras bien ! »

Ils me permirent cependant d'emporter une petite valise avec de menues affaires. Une fourgonnette de police et une auto noire attendaient dehors devant la grille de la bastide. On me fit asseoir dans le panier à salade, sur un banc de bois dur, toujours menottée, en tenue de nuit. J'avais l'impression humiliante de ressembler à quelque fille soumise ramassée dans la vieille ville. Le convoi roula justement vers ce quartier de Marseille, pour faire halte devant la cathédrale au-dessus du port de la Joliette. Je descendis et fus conduite à l'intérieur du commissariat central de l'Évêché, qui semblait étroitement gardé. Une fois derrière ces hauts murs, notre groupe traversa une vaste pièce garnie

---

1. J'ai respecté ici l'orthographe du récit original d'Aline Beaucaire.

de vieilles mangeoires et d'échelles de fer inclinées – c'étaient d'anciennes écuries, reconverties en garage pour les vélomoteurs. Je fus menée, par un escalier étroit, à une pièce longue et basse de plafond, où attendaient une dizaine d'individus arrêtés dans des rafles. Je ne connaissais personne. On me fit mariner dans cet espace sale et poussiéreux qui sentait la transpiration et le mauvais parfum. Je ne comprenais pas grand-chose à ma situation mais je savais que j'étais mal barrée. Au bout d'une heure environ, on vint me chercher pour m'escorter jusqu'à un petit bureau. L'inspecteur qui m'avait arrêtée tapait un procès-verbal sur sa machine à écrire. Lorsqu'il eut fini, il m'ordonna de le signer. C'était un compte rendu de leur visite à Bouc-Bel-Air et de mon interpellation. J'étais découragée, hébétée, je signai sans protester. Je me tourmentais pour Cat. L'avaient-ils arrêté lui aussi ?

Un second inspecteur nous rejoignit. Il s'agissait de M. René Bridel, qui ensuite s'est montré très correct à mon égard et a fait ce qu'il a pu pour faciliter les conditions de mon emprisonnement à Marseille. On m'ordonna de me lever et de les suivre, jusqu'à une pièce où je fus photographiée, face et profil, comme une criminelle ! Puis ils me firent monter dans une Citroën garée dans la cour de l'Évêché. Le premier policier, celui qui m'avait arrêtée le matin, conduisait, tandis que l'inspecteur Bridel s'asseyait à côté de moi sur la banquette. Je gardais ma petite valise mais on ne m'avait pas encore autorisée à me changer. Je me sentais quasi nue. La traction avant longea les bassins du Vieux-Port et gagna la Corniche. Je demandai à mon voisin où nous allions.

« À la Surveillance du territoire », me fut-il répondu.

Le chauffeur se gara devant une villa avec un jardin, d'où l'on apercevait la mer en contrebas. Le nom de cette maison, sur une plaque de faïence à côté du portail, était « Fantaisie ». Mais j'étais trop déprimée, à ce stade, pour m'étonner de quoi que ce soit. Et je n'avais pas envie de rire.

La villa, meublée bourgeoisement, paraissait avoir été réquisitionnée et ses pièces transformées en bureaux. Cela puait la cigarette, la sueur et les paperasses, comme n'importe quel commissariat, et l'on percevait, derrière les portes fermées, le crépitement de machines à écrire. J'attendis quelques minutes dans un couloir, avant d'être introduite devant « monsieur le commissaire ». C'était un Alsacien, qui commença par me traiter de sale Boche.

Je m'enhardis à riposter :

« En Allemagne, monsieur le commissaire, le directeur de l'hôtel où je travaillais m'a traitée de "sale Française". Il faudrait savoir… »

Lui aussi me recommanda, sèchement et en me tutoyant, de ne pas « faire la maline ». L'inspecteur Bridel apporta une machine à écrire. Et mon interrogatoire commença. Je crois que vous m'avez dit en posséder un double, monsieur le commissaire, je ne répéterai donc pas ce que j'ai raconté à vos collègues en 1942. Ce n'était du reste qu'une version très simplifiée de ce que j'ai rédigé ici dans ce mémorandum à votre intention. Je me contenterai de rappeler la dernière question qui me fut posée ce jour-là par le commissaire de la Surveillance du territoire, à la villa Fantaisie.

« Vous nous avez déclaré que vous étiez une bonne Française. Alors pourquoi dès votre arrivée en zone libre n'avez-vous pas avisé les autorités françaises de l'activité de tous les gens que vous connaissiez et qui travaillaient pour le compte du service d'espionnage allemand ? »

Je me souviens d'avoir répondu, épuisée, mot pour mot et d'une voix tremblante :

« J'avais l'intention de le faire, mais je ne l'ai pas fait car en dénonçant les autres, mon ami aurait été arrêté également, chose que je ne voulais pas… »

Les deux hommes ont échangé des regards, puis l'inspecteur Bridel a tiré la dernière feuille du rouleau de sa machine, il m'a tendu un stylo et ordonné de signer ma déclaration. Lecture faite, persiste et signe. Les larmes brouillaient tout devant moi et j'avais eu du mal à distinguer les caractères en relisant. Mes épaules étaient secouées de sanglots. L'inspecteur, se levant pour récupérer la feuille, m'a tapoté le dos en marmonnant : « Allons, allons, madame… » Son chef a soufflé du nez, méprisant. Lorsque j'ai rejoint le couloir, toujours menottée, j'ai aperçu Robert Mallet qui sortait d'un autre bureau. Lui aussi avait les menottes. Son visage était méconnaissable, les yeux se voyaient à peine, entre les paupières boursouflées et violacées. Je notai les ecchymoses sur une de ses pommettes, et son arcade sourcilière fendue.

Deux policiers en bras de chemise encadraient l'infortuné « Tonton » Mallet, qui n'en menait pas large. Le groupe a disparu dans une autre pièce où l'on entendait des rires et des éclats de voix. J'ai patienté environ une demi-heure, toujours à me morfondre – mais où était Louis ? –, puis un inspecteur que je n'avais pas encore rencontré est venu me chercher, pour me reconduire en auto au commissariat central de la Joliette.

Je retrouvai donc l'Évêché, mais sous son aspect le plus sordide cette fois, ses geôles. L'employée du greffe, qui avait un accent du Midi très prononcé, me confisqua ma montre et mes bijoux. Elle mit le tout dans une grande enveloppe et la cacheta. Je fus emmenée dans le quartier des femmes vers une étroite cellule pour moi toute seule. J'imaginai que ce privilège était plutôt mauvais signe. On m'enfermait au secret, une redoutable conspiratrice, une espionne, une Mata Hari ! Moi qui ne savais pour ainsi dire rien des véritables activités de la bande...

Dans ma cellule, je ne disposais que d'un bat-flanc pour m'allonger ou m'asseoir, et d'un W-C que vidait régulièrement une trombe d'eau, déclenchée de façon automatique (le bruit me réveillait lorsque j'essayais de dormir) ; rien que l'attente de ce bruit était insupportable. Le bat-flanc penchait, mes muscles se tendaient involontairement afin de maintenir mon équilibre et ne pas glisser pendant mon sommeil. Une ampoule nue, suspendue très haut au plafond, éclairait en permanence. De temps à autre l'on m'observait – un œil de femme, affreusement cerné de rimmel – à travers le judas. Si à mon tour je regardais par le guichet, je ne voyais dans le couloir que des dames de petite vertu, qui caquetaient et jacassaient. C'était en pleine nuit. Je leur demandai ce qu'elles faisaient là.

« Défaut de carte », répondirent-elles. Cependant les gardiens étaient coulants, on leur permettait de se promener... J'avais des cigarettes qui avaient échappé à la fouille, je leur en offris. En échange, j'obtins quelques informations. Mais ces prostituées ne savaient rien de mon affaire ni des hommes qui auraient été arrêtés en même temps que Mallet et moi. Je me recouchai et passai le reste de la nuit à lutter contre les insectes, et leurs milliers de petites pattes courant sur mon corps.

Le lendemain, l'inspecteur Bridel vint avec un collègue, l'inspecteur Lacarrière, pour me reconduire à la villa.

Après une assez longue attente, on m'introduisit dans un nouveau bureau, plus petit que celui du commissaire qui m'avait interrogée la veille.

Un personnage assis derrière une table parcourait les feuilles d'un dossier, le mien ou celui de Cat. Il leva une tête ronde et joufflue. La pièce empestait l'eau de toilette.

C'était l'homme au complet blanc, celui du restaurant La Dorade.

Il m'inspecta d'un regard froid, m'enjoignit de m'asseoir sur la chaise en face de lui.

« Je suis le commissaire spécial Robert Blémant. Tu as entendu parler de moi ? »

Je secouai la tête. J'avais décidé de jouer l'ignorance la plus totale. Après, on verrait bien…

« Ton ami ne t'a rien dit à mon sujet ?

– Vous parlez de Louis Cat ? Non. Je ne crois pas, il… »

Mon interlocuteur me coupa.

« Je travaille aux RG maintenant. Ici je donne juste un coup de main à mes ex-collègues. Nous sommes beaucoup de policiers et de militaires français à Marseille, nos services d'avant-guerre sont intacts. Nous ne laisserons pas l'ennemi empiéter sur notre secteur. Travailler avec les Allemands est un acte de haute trahison passible de la peine de mort ! Les espions boches, c'est ma spécialité. Avec moi ils causent. Y en a, même les plus têtus, ils deviennent de vrais moulins à paroles… (Il eut un rire bref.) Spietz et Carmas *alias* Lucien Krainer, par exemple, ils se sont mis à table tout de suite. C'est d'ailleurs eux qui ont dénoncé tous les autres. »

J'écoutais en frémissant, les yeux écarquillés. Comme si je savais déjà ce qu'il allait dire…

« On les a tous serrés avant-hier. Tous. Les deux abrutis que je viens de citer, et puis Brancaleoni, Mallet, Decroix, Peretti, Cat… Ils sont au fort Saint-Nicolas. Toi tu es la dernière. On va les déporter à Alger où ils seront fusillés. Traîtres à la patrie, c'est tout ce qu'ils méritent ! »

Je tremblais sur ma chaise. Non, ce n'était pas possible…

« Quant à toi, madame Beaucaire, reprit-il, ça m'étonnerait qu'on te condamne à la peine capitale, dommage, mais lorsque tu sortiras de taule t'auras les cheveux blancs, ta vie sera derrière toi… »

Il me regardait sangloter. Puis il se leva, contourna la table.

La première gifle qu'il m'assena était d'une force à me dévisser la tête. Je crus que mes oreilles n'entendaient plus. Une autre suivit immédiatement.

« Un nommé Voelkel, ça te dit quelque chose ?

– Non… »

Les claques recommencèrent, plus violentes encore. Aller, retour. Aller, retour. Aller, retour… À croire que ça devait ne jamais s'arrêter. Mes joues brûlaient, ma tête vibrait, j'étais sourde, je voyais tout flou. Du liquide coulait sur mes lèvres, sur mon menton. C'est mon nez qui s'était mis à saigner. J'avais un goût de fer dans la bouche. Et je pleurais. Je voulais supplier le commissaire spécial Blémant de cesser, je dirais tout, tout ce qu'il voulait, j'avouerais tout et n'importe quoi, oui je connaissais ce nom, Voelkel – mais les mots ne sortaient pas de ma gorge. Même si les gifles m'en avaient laissé le temps, rien ne pouvait sortir. Comme si j'avais oublié comment on fait pour parler. Mon cerveau se vidait, un étau comprimait ma poitrine, je crus que celle-ci finirait par exploser. Que j'allais tomber par terre, victime d'un arrêt cardiaque. Qu'il allait me tuer sous les coups…

J'ai perdu connaissance.

Lorsque je me suis réveillée, j'étais allongée sur une banquette dans un corridor. Des gens allaient et venaient, indifférents. Des types en bras de chemise avec des papiers. J'entendais vaguement des rires, des plaisanteries. Ma figure me faisait l'effet d'un ballon de football. Je respirais par la bouche, à travers mes lèvres douloureuses, enflées ; mes narines étaient obstruées par des croûtes de sang coagulé. Au bout d'un certain temps, l'inspecteur Bridel est venu me voir. Avec un mouchoir humide il a essuyé mon visage. Mon chemisier était taché de rouge. J'avais envie d'aller aux toilettes, il m'a soutenue pour m'y rendre. Puis il m'a raccompagnée en voiture à l'Évêché. J'ai retrouvé ma cellule individuelle, et le bat-flanc qui penchait. La trombe d'eau régulière du W.-C. Les bestioles la nuit sur ma peau. Je me suis endormie en me demandant quand je reverrais mon pauvre Louis.

Le jour suivant, je fus conduite, menottée de nouveau, au palais de justice de la place Monthyon. Je patientai cette fois dans le couloir des cabinets des juges d'instruction. On me fit entrer. Le juge était un officier en uniforme, avec une petite moustache et l'air dur. Après m'avoir fait déclarer mon état civil, il prononça (je cite de mémoire, naturellement, mais ses mots sont demeurés gravés dans mon esprit) :

« Le commissaire de la Surveillance du territoire de Marseille vient de procéder, le 22 avril courant, à l'arrestation de sept individus de nationalité française travaillant pour le SR allemand de Stuttgart et qui étaient porteurs de cinq appareils de TSF. (Il énuméra des noms que je connaissais, avec leurs professions et leurs adresses en ville ; j'appris à cette occasion que Brancaleoni, dont je savais qu'il avait été révoqué jadis de son poste de contrôleur des douanes, travaillait à Marseille pour la société Groupage économique, et que Francis Peretti était né à Zicavo en Corse et n'exerçait aucun métier précis.) Vos complices percevaient de la part des Allemands une rémunération mensuelle de sept mille francs environ. Tous ces individus ont été présentés à la Justice militaire de la 15e division et ont été écroués. Madame Beaucaire, vous êtes la concubine de Cat, Louis, Alphonse, né le 3 juillet 1915 à Arbois, Jura, sous-officier d'aviation en congé d'armistice, sans profession, demeurant avec vous à la Mounine, commune de Bouc-Bel-Air, Bouches-du-Rhône. On a trouvé dans le tiroir de votre table de chevet une somme considérable dont vous n'avez su expliquer la provenance. Un poste émetteur-récepteur de TSF, camouflé dans une valise et caché à l'intérieur d'un coffre, a été découvert chez vous. Vous avez fait des aveux significatifs lors de votre interrogatoire par le service du contre-espionnage. Je vous fais écrouer à la prison des Présentines, où vous attendrez d'être jugée en même temps que les autres. Comptez-vous prendre un avocat ou dois-je en commettre un d'office ? »

Je murmurai que je choisissais Me Bottaï. L'officier eut un léger sourire.

« Il ne manquait plus que lui. Remarquez, c'est un bon choix, il vous tirera peut-être d'affaire, Bottaï connaît les ficelles. À force de plaider pour les malfrats marseillais… Vos complices appartiennent d'ailleurs pour la plupart au "Milieu"… »

J'étais trop assommée pour émettre le moindre commentaire. Quelle importance, qu'ils fussent du Milieu ou pas ? Il me semblait que ma vie était finie. Je ne reverrais pas mon fils ou mes parents avant de longues années. Après cette catastrophe, je préférais du reste ne pas les revoir. J'allais leur apporter la honte. Épouse de soldat prisonnier, j'avais trahi la France, du moins c'est ce dont on m'accusait. Personne dans ma famille n'avait connu la prison pour des faits criminels. Je souhaitais disparaître sous terre et mourir. Je quittai le cabinet du juge sans un mot.

Le fourgon cellulaire me conduisit aux Présentines, cet ancien couvent situé sous la butte des Carmes, devant la porte d'Aix. Je l'avais déjà vu, sans me douter que j'y séjournerais un jour ! Je fus menée le long d'un couloir humide, aux murs blanchis à la chaux, enduits de goudron jusqu'à mi-hauteur. On m'infligea une fouille intime, horriblement vexante. Les portes étaient munies de serrures et de barreaux énormes, les détenues vêtues de robes de bure grises et coiffées de bonnets blancs. J'avais l'impression de débarquer dans une geôle du temps de l'Ancien Régime... Les surveillantes étaient des religieuses en cornette, leurs trousseaux de grosses clés cliquetaient avec un bruit terrible. Au greffe, on me donna un sarrau noir que je devais enfiler par-dessus mes vêtements de ville. C'était la tenue réservée aux prisonnières qui n'avaient pas encore été jugées. Pour la même raison, j'étais dispensée du travail en atelier et des corvées de balayage ou d'épluchage. Je fus enfermée cette fois en compagnie d'autres filles, des voleuses, des trafiquantes ou des prostituées. Nos paillasses se chevauchaient, tellement c'était étroit. La nuit, dans d'autres cellules, des criminelles hurlaient, assaillies de cauchemars. La nouriture était insuffisante et infecte. On pouvait à peine se laver, le savon manquait. L'odeur des tinettes augmentait la puanteur. Je tombai malade et dus écrire à l'intention de l'inspecteur Bridel, par l'intermédiaire de Me Bottaï, pour demander une amélioration de mon traitement, ou d'être admise à l'hôpital. Sans résultat. Mon avocat tentait de m'encourager par des propos optimistes, mais y croyait-il lui-même ? Je me sentais sombrer dans la maladie et la dépression. Les semaines puis les mois s'écoulèrent avec lenteur, pendant que l'été s'installait sur la ville. J'appris qu'au fort Saint-Nicolas il y avait eu une épidémie de typhus, des détenus extraits du fort étaient morts à l'hôpital de Marseille. Je ne revis Cat qu'une fois avant le procès, on lui avait rasé la tête, et il ne ressemblait plus au beau pilote que j'avais connu, qui paraissait sortir d'une affiche de propagande ou d'une image de revue scoute. Dieu sait que j'en eus le cœur déchiré ! Oui, les beaux jours étaient finis pour nous, maintenant débutait l'enfer.

L'été passa, puis septembre, on crevait toujours de chaud entre nos murs crasseux, je maigrissais et souffrais de fièvres. Au début du mois d'octobre, je fus convoquée au greffe. L'inspecteur Bridel m'y attendait, avec un document à me remettre.

« C'est votre citation directe à comparaître, madame Beaucaire. Devant le tribunal. Ce sera le 13 octobre au matin.

– Moi seule ? bégayai-je.

– Non, pas vous seule. On vous fait comparaître pour vous juger avec l'ensemble de la bande. Enfin... (Je le vis hésiter.) La bande, moins un. »

Il ne me regardait pas dans les yeux.

« J'ai une mauvaise nouvelle, madame Beaucaire. »

Que pouvait-il m'arriver de plus, quelle calamité supplémentaire allait me dégringoler sur la tête ? Je croyais pourtant avoir fait le tour du malheur et du désespoir...

L'inspecteur Bridel s'est raclé la gorge, avant d'annoncer :

« Louis Cat est mort. »

CITATION DIRECTE

ÉTAT FRANÇAIS

TRIBUNAL MILITAIRE
Citation directe
à comparaître à l'audience

N° 2976
ancien n° 976
de la
NOMENCLATURE GÉNÉRALE

PARQUET

du 2ᵉ Tribunal militaire de la 15ᵉ Division Mre
séant à MARSEILLE —

    L'an mil neuf cent quarante deux le neuf octobre
à neuf heures
    Nous, substitut du commissaire du gouverne-
ment près le Tribunal militaire de la 15ᵉ Division
Militaire, donnons, par ces présentes, citation
directe à Mme BEAUCAIRE Aline née HOFFERT, femme
de ménage, à l'effet de comparaître à l'audience
dudit Tribunal militaire siégeant en Cour Martiale,
ordonnée par M. le (1) Général commandant la

15ᵉ Division Mre, pour le 13 octobre 1942 – à 8 heures 15 et de s'y entendre juger sur les faits de (2) ATTEINTE À LA SÛRETÉ EXTÉRIEURE DE L'ÉTAT : *pour avoir en temps de guerre, de mars à avril 1942, entretenu des intelligences avec des agents d'une puissance étrangère en vue de favoriser les entreprises de cette puissance contre la France, notamment en acceptant de faire partie du S.R. allemand au titre d'agent salariée, chargée de missions de renseignement et du recrutement d'agents d'espionnage en France non occupée, à Marseille, Aix, Toulon, etc. qui lui sont imputés et qui sont prévus et punis par les articles 75 (5°) et 49 du code pénal, ainsi conçu (3) :*

Art. 75. – Sera coupable de trahison et puni de mort : 1°)... 2°)... 3°)... 4°)... 5°) tout français [sic] qui, en temps de guerre, entretiendra des intelligences avec une puissance étrangère ou avec ses agents, en vue de favoriser les entreprises de cette puissance contre la France.

Art. 49. – Devront être renvoyés sous la même surveillance ceux qui auront été condamnés pour crimes ou délits qui intéressent la sûreté intérieure ou extérieure de l'État –

Le prévenons, en outre, 1° que les témoins que nous assignons contre lui sont :

M. le Commissaire de Police spéciale LÉONARD, *à* MARSEILLE –

M. le commissaire de police BLÉMANT *Robert, à* MARSEILLE –

M. l'inspecteur de police BRIDEL *René, à* MARSEILLE –

2° Qu'il doit aviser d'urgence le défenseur qu'il a choisi : Mᵉ BOTTAÏ *av. à* MARSEILLE –

3° (4) Que nous avons désigné d'office pour son défenseur M. [laissé en blanc], *l'avertissant, toutefois, qu'il peut en choisir un autre jusqu'au moment de l'ouverture des débats ;*

4° Qu'il pourra solliciter du Tribunal militaire un délai de 24 heures pour préparer sa défense, mais que le Tribunal appréciera souverainement si ce délai est utile.

Fait et clos au greffe dudit Tribunal, à MARSEILLE, *les jour, mois, heure et an que dessus.*

Le Commissaire du gouvernement,
[signature illisible]

(1) Autorité qui a ordonné la convocation du Tribunal militaire.
(2) Indiquer la date, le lieu, les éléments de l'infraction et les circonstances aggravantes, le cas échéant.
(3) Copier le texte de la loi applicable.
(4) Si le prévenu a choisi un défenseur, la désignation d'office devient sans objet.

FORMULE N° 36.

SIGNIFICATION

CHAPITRE XXXIII

U TO' FIDANZATU

À mon grand étonnement, le tribunal militaire siégeait non au palais de justice mais au fort Saint-Nicolas. Presque tous les accusés y étant déjà détenus, cela réglait la question des transfèrements de la prison jusqu'au tribunal. Les femmes étaient rares à comparaître en cour martiale, mais il y avait eu des précédents, le service de renseignement allemand ayant souvent recours aux espionnes. J'appris que depuis la défaite les organismes français de contre-espionnage s'étaient montrés encore plus efficaces que ne me l'avait dit Cat. Les arrestations en zone libre d'agents du Reich se comptaient par centaines depuis l'été 1940. Certains militaires ou policiers, à l'exemple de Blémant et de ses collègues, faisaient du zèle en ce sens et au contraire se montraient des plus coulants à l'égard des résistants (quand ils ne rejoignaient pas eux-mêmes, je l'ai su plus tard, les rangs de la Résistance – comme ce fut votre cas, je crois, monsieur le commissaire). Un nombre important de nos patriotes occupait néanmoins les cellules et cachots des anciennes casemates du fort, dans des conditions aussi dures que celles infligées aux agents SRA.

Je voyais pour la première fois l'intérieur de ces bâtiments où Louis avait séjourné et souffert à partir du mois d'avril, après son arrestation. On me transféra très tôt le matin depuis les Présentines. L'aube pointait à peine sur les bassins du port que dominaient les hauts remparts géométriques de pierre beige-rose, et je pouvais apercevoir, en descendant du panier à salade, le chenal où s'engouffraient de petits chalutiers qui défilaient sous le pont transbordeur. Je remarquai, tandis qu'on me poussait vers le greffe, un enclos bordé d'une série de cages évoquant sinistrement celles d'un zoo. On y enfermait les fortes têtes. Frissonnante, je respirai l'air humide et froid qui venait du large, avant de pénétrer dans le fort même, où m'attendaient les juges militaires.

Ceux-ci étaient au nombre de quatre ou cinq, tous en uniforme et bardés de médailles. Je ne me rappelle pas leurs noms. Seulement celui du commissaire du gouvernement, le colonel Oudinot, ainsi que ceux des avocats (nous en avions chacun un) : Me Carboni, Me Murzi, Me Anic, Me Agostini, Me Doucedé, Me Baffert, et le mien, dont je vous ai déjà parlé : Me Bottaï. Je suis passée la dernière – soit parce que j'étais du menu fretin au point de vue de mes prétendus crimes, soit parce que j'étais une femme, et donc en tout cas une pas grand-chose pour ces officiers sûrs d'eux et arrogants du régime de Vichy…

Quoi qu'il en soit, l'addition, pour mes coaccusés, lorsque fut prononcé le jugement, a été salée : Brancaleoni a pris vingt ans de travaux forcés, dégradation civique, confiscation des biens, et vingt ans d'interdiction de séjour ; Mallet, quinze ans de travaux forcés, dégradation civique, etc., et vingt ans lui aussi d'interdiction de séjour ; Decroix *alias* Lucien Porteur, douze ans de travaux forcés et pareil que Mallet pour le reste ; Spietz, dix ans de réclusion, dégradation civique, confiscation, et dix ans d'interdiction de séjour ; Carmas, six ans de réclusion, dégradation civique, confiscation, dix ans d'interdiction de séjour ; Peretti, quatre ans de prison, dégradation civique, confiscation, six ans d'interdiction de séjour.

Son tour venu, Mᵉ Bottaï a été brillant. « Non, messieurs les juges, monsieur le commissaire du gouvernement, a-t-il prononcé avec de larges effets de manches, nous n'avons jamais œuvré pour le renseignement allemand. Nous sommes une patriote sincère. Si nous avons dérogé à notre devoir, qui était de dénoncer les activités infâmes de ces traîtres que vous ne manquerez pas de condamner sévèrement car ils le méritent, non, si nous avons oublié notre devoir patriotique, ce fut par amour ! Car Mme Beaucaire que vous voyez ici, accablée de remords et de désespoir, n'est qu'une faible femme, une employée de ménage qui commença à travailler dès l'âge de seize ans, fille de concierges, privée de son époux prisonnier en Allemagne et séduite par un personnage, aujourd'hui décédé, qui sut abuser de cette faiblesse. Entraînée malgré elle... » Et ainsi de suite. D'ailleurs mon défenseur disait la vérité, il exagérait à peine, monsieur le commissaire ! J'avais en effet été entraînée par mon amour. Moi-même je fondis en larmes en écoutant la plaidoirie de Mᵉ Bottaï, qui dura assez longtemps. Certains parmi les officiers hochaient la tête et me regardaient avec une commisération nouvelle.

Les témoins à charge contre moi, le commissaire Léonard, le commissaire Blémant (toujours parfumé et habillé de blanc) et l'inspecteur Bridel, se sont retenus de m'enfoncer. S'ils me jugeaient encore plus ou moins une « sale Française », ou une « sale Boche », je lisais désormais dans leurs yeux qu'ils me considéraient surtout comme une pauvre fille. Et Blémant regrettait peut-être même sa série de gifles. Quant à l'affaire des coups de feu tirés devant La Dorade, il n'en fut pas question au cours des débats. Soit que le juge d'instruction n'en avait pas entendu parler, soit que ce qui s'apparentait à un banal règlement de comptes entre truands intéressait moins ces militaires désireux de prendre leur revanche sur les vainqueurs que les valises contenant des postes de TSF, et les activités du renseignement allemand pour l'espionnage de l'armée française d'armistice.

Comme vous le savez, je fus condamnée à deux ans de prison, confiscation des biens, cinq ans d'interdiction de séjour.

Me Bottaï se tourna vers moi et m'étreignit les mains, rayonnant de joie. C'était selon lui, compte tenu des circonstances et des charges réunies contre moi dans le dossier, un « très beau résultat ». Je ne répondis pas, j'étais trop choquée. Tout ce que je comprenais, c'est que j'allais retourner aux Présentines et passer deux ans là-bas enfermée vêtue de la robe de bure grise des condamnées.

Peut-être avez-vous des informations à ce sujet, mais je n'ai jamais su de façon précise comment Cat est mort. Je ne sais pas où il est enterré. Et je n'ai pas répondu à la longue lettre que Mme Cat m'a envoyée des années plus tard à Mulhouse pour m'informer du sort tragique de sa fille, pendue pendant l'épuration, dans la petite chapelle de montagne où Cécile se cachait avec son fiancé – lui, ils l'ont tué à coups de chevrotines dans le ventre. Cette lettre, je vous l'ai confiée, monsieur le commissaire. Toute réponse me semblait inutile. Les jeux étaient faits. Et Louis et moi avions tiré les mauvais numéros.

Au début, j'ai pensé qu'il était mort du typhus, à cause de l'épidémie qui avait sévi au fort ce printemps-là. L'inspecteur Bridel ne savait rien, Me Bottaï, au parloir, m'a expliqué que Louis Cat s'était suicidé. Cela m'étonna un peu, moi qui l'avais toujours connu si optimiste, si nonchalant. Puis, à la réflexion, le fait me parut possible. À notre dernière rencontre, dans une pièce attenante au cabinet du juge d'instruction, où l'on nous avait laissés tous deux après qu'avait été organisée une confrontation générale entre les prévenus, je l'avais vu dans un état lamentable : la tête rasée, la figure couverte d'ecchymoses non soignées (des détenus résistants l'avaient roué de coups, en tant que « vendu » ou « nazi »), le moral à zéro, la honte vis-à-vis de sa famille et surtout du père, la conviction de finir fusillé... Au fort, les gardiens manipulaient le nerf de bœuf avec dextérité, visaient les reins des prisonniers, c'étaient des brutes sadiques et il vivait l'enfer sur cette Terre. C'est moi qui avais dû le consoler, nous nous sommes embrassés sur la banquette en pleurant, avant que les gendarmes ne nous séparent.

« Mais comment s'est-il tué ? demandai-je à M⁰ Bottaï.

– J'ignore les détails. Peut-être avec une lame de couteau, ou de rasoir... »

Il me parut très évasif et pressé de changer de sujet. Et ce mode de suicide, assez peu vraisemblable. On nous confisque tout, dans les prisons. Louis m'avait raconté qu'au fort il mangeait avec des couverts en bois : fourchettes, couteaux, le moindre objet en fer était interdit. Cependant j'acceptai cette version, somme toute assez romantique. Mon amant était mort comme Pépé le Moko s'affaissant lentement derrière les grilles du port d'Alger, une lame sanglante lui perçant le ventre... Il préférait mourir que d'être séparé de moi.

Aux Présentines, il y avait des détenues corses. À la promenade ou au réfectoire, jeunes ou vieilles, elles restaient entre elles, brunes et farouches, peu causantes avec les autres. Je ne les aimais pas. Un jour, dans l'escalier, l'une d'elles me bouscula rudement. Avant de cracher :

« *U to' fidanzatu l'avemu sbattutu.* »

Je ne connaissais que quelques mots de corse, et là je ne comprenais pas. J'ai mémorisé la phrase afin de la répéter, plus tard au parloir à Mᵉ Bottaï qui venait quelquefois me rendre visite. Il a prétendu avoir tout oublié de sa langue natale, puis comme j'insistais il promit de se renseigner. Mais il ne l'a pas fait. Les paroles incompréhensibles continuaient de me trotter dans la tête, avec leur intonation menaçante, haineuse. J'ai attendu des années avant de comprendre. À Mulhouse, quand j'y suis retournée à la fin de la guerre, un employé de la réception de l'hôtel où je faisais le ménage était originaire d'Ajaccio. Il m'a traduit les mots de la femme corse.

Ils signifiaient : « Ton fiancé nous l'avons buté. »

CHAPITRE XXXIV

LES MAROCAINS

<u>*DÉCLASSIFIÉ*</u>

RÉPUBLIQUE FRANÇAISE
MINISTÈRE DE L'INTÉRIEUR
SÛRETÉ NATIONALE
SURVEILLANCE DU TERRITOIRE
N° 3317 SN/ST.3

Strasbourg le 16 avril 1948

L'inspecteur O.P.J. CHAUMONT Féréol
à Monsieur le COMMISSAIRE SPÉCIAL
Chef du C.S.T. STRASBOURG

<u>*OBJET*</u> *:*
a/s. de <u>BEAUCAIRE Aline</u>
      née HOFFERT.
Dernier domicile connu :
Hôtel Beausoleil, 45, Allée Léon-Gambetta,
MARSEILLE

et de <u>CAT Louis</u> (décédé).

Suite à notre enquête, nous transportons à
CASTELSARAZIN [sic], Tarn-et-Garonne, où nous

entendons le sieur <u>NOGUÈS</u>, Eugène, garagiste, Boulevard du 4-Septembre, ex-2ᵉ classe, 2ᵉ génie, ex-prisonnier au stalag 5 C, qui déclare :

"Envoyé en commando à Kehl depuis le 4 janvier 1940 avec mes camarades, je me suis évadé le mardi 10 février 1942 à 7 h, lors de la reprise du travail. Nous étions 19 en tout, et avons bénéficié de la complicité d'Alsaciens, qui ont mis à notre disposition vêtements civils et bicyclettes, pour nous rendre à Souffelweyersheim, en banlieue nord de Strasbourg. Nous sommes restés quelques semaines à faire de petits travaux de ferme chez M. Howeiller, un de nos guides. Nous nous sommes divisés en deux groupes. Le groupe auquel j'appartenais, comprenait 5 prisonniers marocains, et moi-même. Nous sommes partis les premiers. Il y avait Hassen BEN MOHAMED et Mohamed BEN TAÏEB, tous deux du 4ᵉ R.T.M., Morsab BEN ABDELLAH, du 14ᵉ R.T.A., et Larbi BEN BRAHIM et Hafid KAJJIOU, tous deux du 6ᵉ R.T.M.

"Un Alsacien dont je ne connais pas le nom nous a accompagnés en chemin de fer jusqu'à Liocourt, en Moselle. Il nous a ravitaillés et nous a expliqué la route pour gagner Nancy, dans la nuit, afin de chercher asile à l'évêché où l'on nous aiderait à continuer notre voyage. Il fallait passer la frontière à 150 m d'un poste de douane. Le lendemain la voiture d'un laitier nous a transportés jusqu'à Nancy. Mais nous avons appris, à l'évêché, que le prêtre qui s'occupait des évadés était écroué depuis bientôt deux mois.

"J'avais l'adresse d'un camarade à Besançon. Nous avons pris le train pour Besançon via Belfort, sans aucun problème de la part des Allemands.

Mon camarade était absent mais nous fûmes hébergés par son épouse, qui nous expliqua que le passage de la ligne de démarcation était devenu très dangereux et qu'il serait difficile de trouver un passeur.

"Néanmoins elle nous accompagna jusqu'au car à destination d'Arbois, dans le Jura. Nous sommes descendus à l'arrêt Les Arsures. Dans un café, on nous a conseillé de rejoindre le plus vite possible Montigny-lès-Arsures car la patrouille boche arrivait. À Montigny, nous avons soupé et dormi dans un café où notre statut d'évadés cherchant à franchir la ligne a été accueilli avec chaleur. Le lendemain le secrétaire de mairie nous a donné des cartes d'alimentation pour du pain et de la viande, et nous a fourni l'adresse d'un passeur à Arbois.

"Arrivés là-bas nous fûmes déçus car le passeur n'osait plus se risquer, les gardes allemands n'hésitant pas à abattre les voyageurs clandestins ou leur escorte. La seule aide qu'on nous proposa était celle de la Croix-Rouge d'Arbois, qui nous remit des conserves, du sucre, du chocolat. Nous avons attendu cachés en ville jusqu'au 7 mars, où un coup de téléphone nous a informés que nous devions rejoindre le soir même la ferme qui servait de lieu de rassemblement pour le départ.

"Nous avons attendu d'être au complet et que le passeur vienne nous chercher. Il y avait un jeune couple, la femme était alsacienne, et plus tard des familles juives de Hollande nous ont rejoints. Je me souviens qu'il y avait deux ou trois enfants parmi les Juifs. On nous a servi à manger. Dehors

214

on ne voyait pas grand-chose à cause du brouillard et les fermiers annonçaient de la neige.

"Le passeur est entré. C'était un paysan du
coin, dont l'air sournois m'a immédiatement déplu.
Larbi, un des Marocains, avec qui je m'entendais
bien, m'a pris à part pour me dire qu'il avait un
mauvais pressentiment. D'abord, que les Juifs
allaient nous porter la poisse. Ensuite, que le jeune
type, celui avec l'Alsacienne, il avait la certitude
de l'avoir déjà vu. Il ressemblait à un sous-officier
de la base aérienne d'Aix-en-Provence contre qui
les Marocains du 6e R.T.M. s'étaient bagarrés, lui
et d'autres aviateurs, dans un bar de la ville peu
après que le régiment de tirailleurs ait débarqué
en France métropolitaine, à l'automne 1939. Ce
type avait poignardé un des Marocains. L'affaire
avait été étouffée par l'armée. J'ai répondu à
Larbi que ce n'était pas le moment de régler des
comptes, le plus urgent étant de franchir la ligne,
on verrait après.

"Au début les choses se sont bien passées, la
patrouille allemande était bourrée chez un vigneron, dans sa cave, on les entendait chanter. Nous
on crapahutait dehors dans la neige et le brouillard, il fallait monter un coteau à travers les
vignes, c'était dur pour les femmes et les enfants.
Et alors, pas de chance, dans les bois on est tombés sur un troupeau de sangliers qui nous ont
foncé dessus. Ça a dispersé le groupe. Une des
Juives est restée au sol avec une jambe cassée.
Les autres Juifs on ne les voyait plus. Larbi et BEN
TAÏEB, qui était sergent au 4e R.T. et donc le plus
gradé, ont décidé qu'on allait la porter. Le jeune
Français a dit que lui aussi était sergent et qu'il

215

n'avait pas de temps à perdre pour une youtre, c'est le mot qu'il a employé.

"Hafid KAJJIOU, un petit gars très jeune et qui était le meilleur copain de Larbi, a répondu au soi-disant sergent qu'il était un salaud et qu'on n'allait pas abandonner dans la neige et le froid une femme blessée. Si on faisait ça elle allait certainement mourir. Moi et les autres Marocains on était tous d'accord pour la porter. Le type s'est fâché, il y a eu une engueulade et pour finir il a emmené son Alsacienne et tous les deux ont disparu à leur tour. Hafid, qui avait le sang chaud et était un peu tout-fou, leur a couru après.

"Nous avons attendu une dizaine de minutes, Hafid ne revenait pas. Larbi voulait qu'on aille le chercher. Mais le temps pressait, et puis on a entendu des coups de feu. Ça avait l'air d'être des armes boches, sans doute les gardes-frontières. Je ne sais pas sur qui il tiraient, peut-être sur les Juifs car cela venait d'une autre direction.

"Alors nous sommes repartis en transportant la blessée. Nous avons eu de la chance, notre petit groupe est arrivé sans encombre à Poligny. Au café MAUROZ, lieu du rendez-vous et centre d'accueil, on nous a servi à manger et des boissons chaudes. La femme a été portée au local de la Croix-Rouge, une ambulance est venue la chercher le lendemain. Je suppose que c'était pour l'hôpital de Lons-le-Saunier. Tous les autres membres de notre groupe avaient disparu, en tout cas ils n'ont pas rejoint le café. Le passeur, lui, est arrivé, seul, et il est reparti dans la forêt essayer de retrouver les autres, mais il est revenu bredouille.

"Moi et les Marocains on a pris un car pour Lons-le-Saunier. Larbi s'en voulait d'avoir laissé son copain derrière. À Bourg-en-Bresse, centre démobilisateur, j'ai pu quitter l'armée et retourner à la vie civile. J'ai trouvé du travail à Moissac comme mécanicien, et maintenant j'ai mon propre garage à Castelsarazin [sic]. Je n'ai jamais revu les autres, mais je crois que leur intention était de rejoindre leurs régiments respectifs en Afrique du Nord."

Les registres de l'hôpital de LONS-LE-SAUNIER ayant été détruits pour la période concernée, il ne nous a pas été possible de connaître si la femme hollandaise MEIJER, Matilda, née le 25.7.1906 à ALKMAAR (Pays-Bas), et dont l'état civil figurait sur la liste du café MAUROZ à POLIGNY, a bien été admise le 8.3.1942 dans cet établissement.

Une demande a été envoyée au consulat de Hollande au sujet de cette ressortissante mais n'a pas reçu de réponse à ce jour.

Ayant exploré toutes les pistes dans cette affaire, je suggère de clore l'enquête au sujet de BEAUCAIRE Aline née HOFFERT, jusqu'à nouvelle information éventuelle concernant cette Française.

Dans tous les cas elle n'a rien avoir [sic] avec BOCKERT Aline née en Suisse, agent S.R.A.

L'Inspecteur O.P.J. :
[signé :] Féréol Chaumont

CHAPITRE XXXV

LE PARADIS BEL AIR

En novembre (j'étais en prison depuis plus de six mois), les Allemands ont envahi la zone libre. Bien que souffrant de savoir ma patrie occupée entièrement désormais, cette nouvelle apportait pour moi l'espoir de recouvrer la liberté, puisque, sans l'avoir voulu, j'étais citoyenne du Reich. Sur le conseil de mon avocat, j'écrivis au délégué allemand au rapatriement, à la direction des services de l'armistice, à la section consulaire de l'ambassade d'Allemagne... Je ne recevais pas de réponse. Les mois s'écoulaient au ralenti, j'étais désespérée, malade, je ne pouvais même plus travailler en atelier ou aider à l'épluchage des légumes ou aux corvées de poubelles. J'ai songé à me tuer comme Cat, mais la pensée de mon fils m'en a empêchée. Puis un beau matin je fus appelée au parloir : le délégué allemand au rapatriement, un nommé Pohls, demandait à m'interroger. Il me questionna de manière très détaillée sur les conditions d'hygiène régnant à la prison des Présentines : douches, vermine, promenades, places disponibles, ravitaillement en eau, etc. J'en dressai un tableau le plus noir possible, lui parlant dans sa langue, et affirmai que j'avais été condamnée sur de simples présomptions. M. Pohls me promit de faire intervenir immédiatement et très énergiquement son gouvernement en faveur de ma libération. Je regagnai ma cellule emplie d'espoir.

Ainsi que vous le savez, il n'y eut jamais de libération anticipée en ce qui me concerne. L'officier responsable pour le gouvernement de Vichy avait opposé son veto.

Je passai deux hivers en prison, le second horriblement glacial. Si je lavais mes sous-vêtements en profitant de l'eau chaude qui nous était octroyée le matin, le rinçage s'avérait impossible car l'eau du broc était déjà gelée et formait un bloc ! La première fois, je dus rincer mon linge avec l'eau sale du lavage, l'accrochai tant bien que mal à l'angle de la serrure, me recouchai et sombrai dans le sommeil. Lorsque j'ouvris les yeux, mon slip était raide de glace ; afin de le dégeler, je le mis sous ma paillasse, et la chaleur animale fit le reste au bout d'un certain temps. Ceci pour vous dire ce que les détenues vivaient aux Présentines l'hiver… Enfin, je suis sortie le 24 avril 1944. Au greffe, on m'a restitué les affaires que l'on m'avait prises lors de mon incarcération, et offert un peu d'argent, de quoi acheter un billet de train pour quitter le département (mon interdiction de séjour courait encore jusqu'en avril 1947).

Sur la place devant la prison, une auto noire était garée. Deux hommes me regardaient. Je reconnus, stupéfaite, Étienne Paoleschi et Joseph, les acolytes de Mathieu Giudicelli. Ils m'ordonnèrent de monter dans la voiture. Je lisais dans le large faciès buriné et impassible d'Étienne ce qui pouvait s'approcher le plus d'un léger sourire.

Joseph s'installa au volant sans un mot et nous partîmes. Je demandai où nous allions. Étienne grogna :

« Sauveur s'excuse, il pouvait pas venir te chercher, il a du boulot à Toulouse. Et puis il est tricard à Marseille.

Mais pour toi il bravera l'interdiction et viendra te voir. D'ici deux ou trois jours. En attendant, on t'emmène à l'hôtel. »

Je n'en revenais pas. Sauveur Campana ne m'avait jamais écrit, je n'avais jamais eu de nouvelles, ni reçu de colis de sa part. À vrai dire, je n'espérais rien. Je l'avais presque oublié. La mort de Louis éclipsait tout le reste. Si je pensais à Sauveur c'était pour me reprocher ma stupidité, mon engouement de midinette, ma fascination idiote pour un beau gangster. Cat seul, qui je le croyais s'était suicidé, était mon véritable amour, mon seul amour. Sans lui, je ne désirais plus vivre. Si je continuais, ce n'était que par habitude, et pour mon fils.

Le chauffeur s'arrêta rue de Madagascar, devant l'hôtel Paradis Bel Air, une large bâtisse de quatre étages aux allures de bastide provençale, qui faisait l'angle avec la rue Paradis. Une chambre y était réservée pour moi. Étienne prit la clé à la réception, me conduisit au deuxième étage. La chambre était simple mais propre. J'avais encore sur moi l'odeur de la prison. Étienne referma la porte après avoir dit :

« Prends une douche, petite, et repose-toi. Joseph et moi on est assis en bas. Je monterai tout à l'heure, avec quelque chose de bon à manger. »

Il me sembla qu'il avait tourné la clé dans la serrure en repartant. Je patientai une minute, étendue sur le couvre-lit, puis allai vérifier. C'était le cas. J'étais enfermée dans ma chambre !

Quelles que fussent les raisons des Corses – sentiments sincères de la part de Sauveur, volonté de me mettre moi aussi sur le trottoir (dans ce milieu les deux premières hypothèses ne sont pas antagonistes), vengeance pour l'attentat de La Dorade, ou que sais-je encore ? –, je n'avais nulle intention de me laisser faire. J'attendis néanmoins le retour d'Étienne. Le repas consistait en un pan-bagnat et une bouteille de bière. Dévorant mon sandwich, je tâchai de faire bonne figure mais j'étais pétrifiée. J'allais finir dans un de ces bordels d'Afrique du Nord ou d'Argentine dont j'avais entendu parler en prison. Marseille est un port de traite des Blanches. L'homme m'observait en silence. Je lui demandai si lui et Joseph resteraient encore longtemps à veiller sur moi.

« Quand on sera fatigués, d'autres nous remplaceront. Mathieu a recruté du monde, en deux ans », fut sa réponse.

J'attendis la tombée de la nuit. Quand on a travaillé longtemps dans les hôtels de catégorie moyenne ou inférieure, on sait comment ouvrir les portes, en général munies de serrures toutes bêtes, à petit pêne dormant biseauté. C'est utile si l'on n'a pas de passe et que la clé a été égarée. Ou si l'on craint un suicide à l'intérieur et que le serrurier n'arrive pas. Au bout de cinq minutes d'efforts j'étais dans le couloir[1]. J'ai cherché un escalier de service et suis descendue au rez-de-chaussée sur la pointe des pieds. Je ne croisai personne. L'hôtel possédait une issue donnant sur la rue Paradis. Il faisait très sombre dehors avec l'éclairage assourdi de la défense passive. Une pluie fine mouillait les trottoirs. J'ai marché jusqu'à la gare Saint-Charles, où j'ai pris un billet de troisième classe pour Paris au guichet. Après cela, il ne restait plus que quelques pièces de monnaie au fond de mon portefeuille. (Mais une fois dans la capitale, que je connaissais bien, je pourrais toujours engager au mont-de-piété un ou deux des bijoux qu'on

---

1. Ici aussi figurait une note en marge : *Elle n'aurait pas plutôt appris ces trucs à l'école d'espionnage de Stuttgart ?*

m'avait rendus.) L'employé m'avertit qu'il y aurait des retards, la Résistance ayant fait sauter des voies ; on ne pouvait garantir l'heure d'arrivée, le lendemain en fin d'après-midi peut-être... Par prudence, je me faufilai en traversant la buvette de la gare, ce qui évitait de devoir passer par l'entrée des quais. Je n'ai noté personne qui ressemblât à un voyou corse. Le train de nuit partait bientôt. Je suis montée et je me suis enfermée dans les cabinets.

Après un quart d'heure environ, j'ai entendu une série de coups de sifflet et senti que la voiture s'ébranlait.

À Paris, où je débarquai le lendemain vers dix heures du soir, je pris une chambre dans un hôtel miteux tenu par des Chinois, au bout d'une sordide ruelle derrière la gare de Lyon. Pour payer je dus laisser ma montre en gage. Au matin, je me rendis en métro à Issy-les-Moulineaux où j'avais une amie boulangère, du temps où j'y habitais avec Roger. Elle m'hébergea, me nourrit, tandis que je cherchais un travail de femme de chambre, et que j'allais tirer un peu d'argent de mes bijoux. Vous vous rappelez sans doute qu'à cause du Débarquement, les trains circulaient de plus en plus mal, à l'Ouest surtout mais le pays devenait complètement désorganisé. C'était comme une guerre civile, avec des attentats tous les jours, et les maquis où les jeunes partaient s'engager de plus en plus nombreux... Mon fils n'avait que quinze ans mais je m'inquiétais pour lui. Le 1er juillet, j'achetai un billet pour Mulhouse.

Il me tardait de rentrer chez moi.

CHAPITRE XXXVI

ALINE LA BLONDE

[Coupure de presse du journal *Le Monde* du 3 décembre 1948 :]

Aline Bockert, la Panthère rouge, répond de ses crimes

Marseille, 2 décembre. – On l'appelait Aline la Blonde ; mais trois ans de prison ont fait disparaître cette nuance de ses cheveux qu'elle devait à l'artifice ; on la disait extrêmement belle, mais c'est une femme aux traits flétris qui a comparu mercredi devant le tribunal militaire de la 9ᵉ région, à Marseille, en présence d'un public peu nombreux où les femmes étaient en majorité.

Les trente-deux témoins cités par l'accusation diront si elle a dénoncé un maquis à Clermont-Ferrand, fait exécuter des rafles d'enfants juifs dans les écoles de la région de Nice, et dans quelle mesure elle est responsable de l'exécution de six patriotes au lieudit L'Observatoire, près du Mont-Boront, exécution commandée par un certain Bains, son amant ; ils parleront aussi des tortures exercées en sa présence et avec sa participation, sur des femmes, à l'hôtel de l'Hermitage, quartier général de la police secrète allemande.

Les dix témoignages entendus hier avaient été plutôt négatifs. Ce matin, en revanche, à part M. Rotenberg, un des chefs de la résistance niçoise, qui a dit ne pas vouloir confondre l'accusée avec Maria Sedlitz, autre collaboratrice très dangereuse des Allemands, toutes les dépositions reçues ont été accablantes pour Aline Bockert. Plusieurs victimes de ses sévices sont venues décrire les traitements odieux qu'elle leur fit subir. Mme François l'a vue, une énorme schlague à la main ; d'autres, armée d'un revolver et parfois d'une mitraillette.

L'accusée s'est d'abord révoltée contre ces précisions. Mais elle a perdu peu à peu son assurance.

Les débats reprendront cet après-midi.

Le verdict pourrait être rendu dans la soirée[1].

---

1. La « Panthère rouge » a été condamnée à mort à l'issue de ce procès de décembre 1948 mais la peine ne fut jamais exécutée ; d'abord commuée en 1950 en réclusion à perpétuité, elle le fut six mois plus tard en douze ans de travaux forcés, à l'issue d'un troisième procès, tenu plus discrètement à Lyon. Sortie de la prison des Baumettes en juillet 1961, l'ancienne nazie aurait fini son existence à Altdorf (Suisse), convertie au catholicisme et devenue peintre sur verre, ou, selon une autre version, aurait été identifiée sur ses vieux jours dans une petite ville de l'Ohio, ayant bénéficié de la protection de la CIA grâce à un de ses anciens amants, Louis Nebel, retourné par les services secrets américains ; elle y serait morte en 2012. Une théorie plus fantaisiste affirme qu'elle serait devenue l'icône, aux États-Unis, d'une tendance littéraire de romans de gare appelée *nazisploitation*.

CHAPITRE XXXVII

LE DÉFILÉ DE MULHOUSE

Je suis redevenue une femme sans histoires.

À Mulhouse, j'ai repris les ménages dans les hôtels.

Je me nomme Beaucaire née Hoffert Aline, le 6 février 1911 à Wittelsheim (Haut-Rhin) et je n'ai aucun rapport avec cette Aline Bockert sur qui vous enquêtez, monsieur le commissaire. Il s'agit forcément d'une confusion entre les deux personnes...

Lorsque mon interdiction de séjour dans les Bouches-du-Rhône a atteint son terme, je suis repartie pour le Midi. Cette fois avec mon grand Paul (je dis cela parce qu'à dix-huit ans, il mesure dix centimètres de plus que moi). Nous avons quitté l'Alsace le 10 juillet 1947.

J'ai d'abord trouvé du travail à l'hôtel Montigoli, au n° 80, rue Montgrand à Marseille, mais comme je m'accordais mal avec la patronne je partis chercher ailleurs et maintenant je suis employée à l'hôtel Beausoleil, 45, allée Léon-Gambetta, où m'a rejointe votre convocation.

J'y habite avec mon fils et j'entends pourvoir à son éducation et mener une existence honnête. Tout ce qui m'est arrivé de 1941 à 1944, je souhaite en grande partie l'oublier. Même ma famille n'est pas vraiment au courant, je n'en parle pas et ils ont compris qu'il valait mieux me laisser tranquille à ce sujet. Nous tous les

Français, n'avons-nous pas vécu des choses étranges et parfois inimaginables, durant cette période ? Je ne suis pas certaine que tout le monde puisse être fier de ce qu'il a fait.

Quand je serai vieille et fatiguée je rentrerai à Wittelsheim finir ma vie, et je ne serai plus qu'un nom et un prénom et deux dates sur une pierre tombale et on me fichera enfin la paix.

Un jour, je suis retournée, seule, rue de Suez.

L'hôtel où j'avais séjourné avec Cat à notre arrivée a changé de propriétaire et de nom, il s'appelle à présent l'hôtel du Pharo. Mais l'on se baigne encore sur la plage des Catalans, et les fleurs embaument aux murs des jardins le long de la promenade de la Corniche. À l'extrémité de la rue de Suez un immense bâtiment blanc ceinturé de balcons fait toujours face à la mer, tel un paquebot ancré là, immobile, attendant que gagnent son bord les tout derniers passagers d'Alger.

Moi, je ne verrai jamais la Casbah et ses murs blancs et sa mosaïque de terrasses s'étageant sur les hauteurs de la ville arabe, où se réfugient les amants perdus. Quoique… il est des choses qui restent plus belles en rêve, monsieur le commissaire ; peut-être sont-elles mieux ainsi plutôt que de courir le risque de la désillusion. Je garde ma ville blanche et mes souvenirs de Louis intacts dans mon cœur.

Je ne sais si Brancaleoni et les autres purgent toujours leur peine de travaux forcés ou s'ils ont été libérés par les Allemands avant que la guerre se termine. Le mois dernier, j'ai croisé par hasard Me Bottaï sur le quai des Belges, il se souvenait de moi et m'a invitée à boire un verre au Cintra. J'ai oublié de lui poser la question. Mais il m'a raconté que Mathieu Giudicelli, son ancien client, a été tué dans un règlement de comptes, peu après la libération de la ville ; quant à Sauveur Campana, il travaille désormais pour son oncle Dominique Paoleschi dit « Doumé », qui vient d'ouvrir le Paris-Montmartre, le plus beau cabaret de Marseille, avec la bénédiction des frères Guerini. Son associé est le commissaire Blémant, lequel aurait également des intérêts dans une boîte de nuit parisienne, le Drap d'Or, et ne s'entend plus très bien, dit-on, avec sa hiérarchie dans la police. Vous voyez, je suis un peu affranchie, sans en avoir l'air ! Cependant ces informations ne m'intéressent pas plus que ça. Je ne souhaite plus avoir affaire aux voyous.

J'étais encore à Mulhouse quand nous avons été libérés par les Alliés, le 21 novembre 1944. Depuis des mois nous ne recevions plus de lettres de Roger. Dans la dernière, il annonçait que, malade des bronches, il était en voie de rapatriement vers l'Alsace. Mais le Débarquement de juin en Normandie avait interrompu tout trafic sanitaire, et mon époux errait, désœuvré, parmi des milliers de prisonniers de toutes nationalités, dans un camp de triage en Allemagne, à Wegscheide près de Bad Orb, le stalag IX B. Nous apprîmes ces détails plus tard. Pour le moment, nous étions très inquiets pour lui car nous savions le Reich ravagé par les bombardements. Et les bombes anglo-américaines qui pleuvaient du ciel ne faisaient pas de différence entre les soldats boches, les civils, les prisonniers…

Puis nous avons reçu un télégramme officiel. Roger Beaucaire était vivant, il arrivait de Mannheim *via* Wissenbourg, il serait là demain, au centre de rapatriement de Mulhouse, rue du Fil. Je m'y rendis avec Paul. Lui et moi n'avions pas vu mon mari, et celui qu'il croyait son père et qu'il aimait comme tel, depuis cinq ans. J'avais peur, monsieur le commissaire, de le revoir.

Au centre d'accueil régnait une grande animation, on s'attroupait, il y avait des jeunes filles en costume traditionnel alsacien avec la coiffe, qui portaient des bouquets de fleurs, ou des rations à distribuer aux soldats. Des familles émues, anxieuses, agitées, quelques crises de nerfs. Et des drapeaux et cocardes, du bleu-blanc-rouge partout, des affiches, des listes fraîchement imprimées. À l'intérieur, on examinait les rapatriés, nous apprit-on, des médecins militaires s'occupaient de leur faire des prises de sang. Il se trouvait aussi des femmes, qu'auscultaient les infirmières. Un cameraman des actualités les filmait. L'une fixait l'objectif avec intensité, l'autre, l'air de s'amuser de la situation, se faisait peser sur une balance et recevait un coupon en rigolant. Je me demandai s'il s'agissait de résistantes de retour de déportation ou de travailleuses volontaires en Allemagne, comme moi, et qui risquaient de passer de mauvais quarts d'heure. On entendait d'ailleurs quelques insultes au milieu des vivats. Me haussant sur la pointe de mes souliers, j'apercevais des officiers en uniforme, des prêtres en soutane, du personnel médical des deux sexes en blouse blanche. Et puis nous les avons vus arriver : les rapatriés, nos prisonniers partis en 40. Ils sortaient de la désinfection. Ils étaient nus, tous, de la pauvre chair blanche, livide, un bout de papier à la main ils traversaient la cour et se dirigeaient vers les bureaux où on leur remettait des colis, dons de l'État français : pâtes de fruits, cigarettes de troupe, biscuits de guerre, tickets de rationnement, points-matière et points-textile ; et une somme de deux mille francs. Il était question aussi d'un costume neuf en fibranne, mais ceux-ci n'avaient pas été livrés en quantité suffisante, on n'en aurait pas pour tout le monde.

Un silence abasourdi accueillit ce défilé piteux de nudités.

Ma main serrait, très fort, la main de mon fils, tandis que je scrutais tous ces visages d'hommes mal rasés et pâles et où je ne reconnaissais personne.

CHAPITRE XXXVIII

L'ÉTOILE À SIX BRANCHES

DÉCLASSIFIÉ

RÉPUBLIQUE FRANÇAISE
MINISTÈRE DE L'INTÉRIEUR
SÛRETÉ NATIONALE
SURVEILLANCE DU TERRITOIRE
N° 4188 SN/ST.3

Strasbourg le 29 mai 1951

Copie
  L'inspecteur O.P.J. CHAUMONT Féréol
  à Monsieur le COMMISSAIRE SPÉCIAL
  Chef du C.S.T. STRASBOURG

OBJET : Information
a/s. de BEAUCAIRE Aline
       née HOFFERT.
Dernier domicile connu :
Hôtel Beausoleil, 45, allée Léon-Gambetta, MARSEILLE

  Extrait de "L'Est républicain", édition de
BESANÇON, 24 mai 1951 :

230

SIX ANS APRÈS LA GUERRE UN SQUELETTE RETROUVÉ SUR LA LIGNE DE DÉMARCATION

ARBOIS *(de notre envoyé spécial Georges Dirand).* – Hier, à 11 h 30, MM. André Langlet et Pierre Vaxéco, travaillant dans une coupe de bois pour le compte des Ponts et Chaussées dans la forêt de Buvilly (Jura), découvraient, à une centaine de mètres du ruisseau le Glanon, un corps d'assez petite taille, réduit à l'état de squelette et qui paraissait séjourner sous les broussailles depuis de longues années.

M. Dorgeot, cafetier à Buvilly, fut chargé par M. Vivier, agent forestier, d'aviser le commissaire de police d'Arbois, qui se rendit immédiatement sur les lieux de cette macabre trouvaille.

Les constatations du docteur Millet, appelé sur place, évoquent l'hypothèse d'une mort violente, les vertèbres cervicales paraissant endommagées par ce qui pourrait être un coup donné à l'arme blanche, dans l'intention de trancher la gorge. Ce coup aurait été donné avec une grande force, car une esquille métallique, provenant sans doute de la lame, a été retrouvée plantée dans le corps d'une des vertèbres.

Cette partie de la forêt étant difficilement accessible, après la mise en bière les restes humains durent être transportés le long de sentes forestières jusqu'à la voiture des pompes funèbres stationnée sur la route de Pupillin, afin de les déposer à la morgue de l'hôtel-Dieu de Dole, où une autopsie sera pratiquée aujourd'hui.

M. Courvil, commissaire de police, l'adjudant-chef de gendarmerie Drouin, l'inspecteur Bouilleret, M. Lestiévant inspecteur adjoint des Eaux et Forêts à Arbois, les gendarmes Maillot, Berger et Proth étaient venus faire leurs constatations sur les lieux de la découverte du cadavre. Celui-ci portait des vêtements civils, dont il ne restait pas grand-chose, mais l'inspecteur Bouilleret, du commissariat d'Arbois, a noté la présence d'un ceinturon militaire, et, poursuivant ses investigations, ramassait à proximité quelques pièces de monnaie et un insigne en forme de rondache, verte et ornée d'une inscription arabe, et brochée d'une étoile à six branches portant le numéro 6, au milieu des lettres T et M. Il s'agirait de l'insigne du 6e régiment de tirailleurs marocains, lequel appartenait à la 5e division d'infanterie nord-africaine débarquée en métropole à compter du 30 octobre 1939.

Il apparaît donc probable que le mort était un malheureux prisonnier évadé essayant, comme beaucoup en ce temps-là, de rejoindre la zone libre, et qui aurait été la victime d'un garde-frontière allemand sur la ligne de démarcation.

Dans une déclaration émouvante M. Marcel Poux, maire d'Arbois, a émis le vœu, à l'issue de la réunion du conseil municipal, que le squelette provisoirement anonyme soit inhumé dans le carré militaire du cimetière de la ville, avec les honneurs traditionnels rendus à nos combattants morts pour la France.

Transmis à M. Roger WYBOT, Directeur de la Surveillance du Territoire, à fin [sic] de réouverture d'enquête (Requalifiée en : <u>Meurtre et complicité de meurtre d'un soldat français en temps de guerre</u>, faits passibles de la peine de mort ou de la réclusion à perpétuité).

Note : je suggère d'essayer de retrouver, à fin de rapprochement et d'expertise par le laboratoire de police scientifique, le couteau de l'ex-sergent pilote Louis CAT, arme découverte le 23 avril 1942 au domicile de BEAUCAIRE Aline née HOFFERT, à BOUC-BEL-AIR banlieue d'AIX-EN-PROVENCE, et placée sous scellés par l'inspecteur ayant opéré l'arrestation et la visite domiciliaire (affaire Brancaleoni-Carmas-Spietz-Decroix, jugée le 13.10.1942 par le Tribunal Militaire de MARSEILLE) pour le compte du service de contre-espionnage de la S.T[1].

L'Inspecteur O.P.J. :
[signé :] Féréol Chaumont

PIÈCES JOINTES :
– Article de l'"Est républicain" en date du 24.5.1951
– Copie procès-verbal d'audition de NOGUÈS, Eugène, ex-2e classe, 2e génie, ex-prisonnier au stalag 5 C, en date du 16.4.1948
– Copie rapport d'enquête de l'inspecteur BOUILLERET Bernard, du Commissariat de Police d'ARBOIS (Jura), en date du 31.7.1947
– Copie (extrait) procès-verbal d'audition de BEAUCAIRE Aline en date du 11.9.1947 par la B.S.T. de Marseille.

DESTINATAIRES :
– Mr. le Chef de la D.S.T., PARIS
– Archives
– Chrono.

---

1. Surveillance du territoire (ou CGST, Contrôle général de la surveillance du territoire), organe du régime de Vichy à l'époque, dissous en octobre 1942 par René Bousquet sous la pression des Allemands.

Épilogue

Le document daté du 29 mai 1951 et signé par l'inspecteur officier de police judiciaire Féréol Chaumont était la dernière pièce de l'affaire Beaucaire/Bockert, qui – je l'ignorais le jour où j'ouvris ce dossier pour la première fois – devait me donner le sujet d'un livre. Pour le moment il ne me restait plus rien à apprendre, au terme de ce long fichier, et je ressentais une certaine frustration.

Je revins machinalement à la première page du PDF : l'image grise de la couverture du dossier des Archives nationales consulté et scanné par mon correspondant. Il s'ornait, sous l'inscription manuscrite et incorrectement orthographiée *BOKAET Aline*, d'une étiquette blanche où figuraient les références :

Demande du : 30/09/2020 – 22:55
***Lecteur :** 11170*
Réservé pour le 06/10/2020
20080271/7
***Catégorie :** standard*

Les minutes passaient tandis que je réfléchissais ; mon écran finit par se mettre en mode économie d'énergie et des formes colorées, abstraites et mouvantes remplacèrent la sécheresse bureaucratique de la couverture du dossier d'archive.

J'en savais désormais à la fois trop et pas assez. De multiples questions subsistaient, en même temps qu'une fascination pour le personnage d'Aline Beaucaire. Qui était-elle vraiment ? Et quel avait été son destin ? Les ultimes découvertes de l'inspecteur Chaumont laissaient planer à ce sujet de lourdes menaces.

Je fis ce que j'aurais dû faire depuis le début : rallumant l'écran, je tapai dans la barre de recherche Google : *aline beaucaire.*

On me proposa aussitôt : *Essayez avec cette orthographe : Aline Bockert.*

Non. Ça, c'était l'autre, la 100 % nazie. Celle que l'on surnommait la Panthère rouge. Toutes les entrées que je voyais s'afficher me parlaient de l'Aline Bockert née en Suisse, espionne jugée et condamnée, personnage « diabolique », mais somme toute assez secondaire, de l'histoire noire du IIIe Reich, laquelle continue de fasciner les gens plus de soixante-quinze ans après les faits.

Par acquit de conscience, je fis défiler page après page, en quête d'une Beaucaire dissimulée quelque part entre toutes ces mentions de la sulfureuse Bockert agent de la Gestapo. Il fallait néanmoins se rendre à l'évidence : Aline Beaucaire femme de chambre et mère de famille dont j'avais lu le mémorandum détaillé adressé à un commissaire de Marseille n'avait semé aucune trace dans notre univers moderne numérique.

J'eus l'idée de taper : *aline hoffert.* Après tout, divorcée de Roger Beaucaire, elle aurait pu reprendre un jour son nom de jeune fille. Il y en avait une, je crus avoir trouvé – mais cette dame était décédée tout récemment à l'âge de soixante-neuf ans ; ça ne collait pas. Ma recherche sur Internet ne menait nulle part. Je perdais mon temps.

C'était comme si mon Aline Beaucaire née Hoffert n'avait jamais vécu. Un personnage de roman. Une fiction, un mirage...

Et pourtant j'avais lu les pièces la concernant, vu sa photo, ses empreintes digitales, qui accompagnaient l'un des rapports de la Brigade de surveillance du territoire. Cet épais dossier d'archive que l'on m'avait envoyé était authentique, ses pièces pour la plupart rédigées par des policiers du contre-espionnage français de l'époque. Même la signature du légendaire Roger Wybot, grand patron de la DST, y figurait.

En tout état de cause je me devais, pensais-je – je devais à Aline Beaucaire – de poursuivre mes recherches. L'absence de renseignements sur cette femme m'apparaissait comme une irritante injustice. Un manque d'égards, de reconnaissance de son existence... Son histoire, son long récit assorti de rebondissements romanesques, m'avait touché, même si à de nombreuses reprises je l'avais soupçonnée de mentir. Mais les filles mères, les filles de pauvres, doivent apprendre à mentir si elles veulent échapper à la fatalité. J'étais le dernier à pouvoir lui reprocher quelque chose. Et d'ailleurs n'y avait-il pas un film, vu dans mon adolescence, qui s'intitulait *Adorable menteuse* ? Je n'ai jamais oublié ce titre.

Quand les méthodes modernes ne fonctionnent pas, il reste les méthodes classiques. Je m'attelai à la rédaction d'une lettre-type, une demande d'information, résumant les circonstances et exposant les motifs de mon enquête. J'en imprimai une trentaine d'exemplaires, que je signai manuellement, et les expédiai par voie postale à tous ceux qui, croyais-je, étaient susceptibles de me renseigner : des historiens ; des journaux (à Marseille et dans l'est de la France) ; des archivistes que je connaissais, notamment, dans l'Indre, au Dépôt central d'archives de la justice militaire ; des commissariats de police (Mulhouse, Besançon, Arbois, Poligny) ; l'hôpital de Lons-le-Saunier où avait été transportée en mars 1942 la Juive hollandaise témoin du meurtre ; l'ambassade des Pays-Bas, lui fournissant la liste, trouvée dans le dossier, des noms de famille des fugitifs de cette nationalité ayant essayé de franchir la ligne de démarcation cette nuit-là ; le barreau de Marseille, en espérant accéder aux anciens dossiers de feu Mᵉ Bottaï, à qui Aline Beaucaire aurait pu avoir de nouveau recours… J'allai jusqu'à écrire à l'Amicale des anciens des services spéciaux, où pouvaient se trouver des vétérans de la DST ayant connu l'un ou l'autre des protagonistes. Lorsque je revins de la poste, j'avais le sentiment d'un devoir accompli. Si tout cela ne donnait rien, au moins je pouvais me dire que j'avais essayé.

Dans la foulée, attendant le résultat de mes démarches, je m'occupai en créant un nouveau fichier que je baptisai « Aline BEAUCAIRE – dates ». Me référant à son mémorandum, j'écrivis :

6 février 1911 : naissance à Wittelsheim (Haut-Rhin) d'Aline Hoffert.

Vers 1927 : elle commence à travailler comme femme de chambre.

1929 (?) : naissance de son fils Paul.

19 août 1933 : mariage à Paris avec Roger Beaucaire, qui reconnaît la paternité de l'enfant.

Juillet 1934 : le couple et le petit Paul quittent Issy-les-Moulineaux pour s'installer à Mulhouse.

Juin 1940 : Roger Beaucaire est fait prisonnier et déporté dans un stalag en Autriche.

30 janvier 1941 : Aline ayant vendu ses meubles quitte Mulhouse pour l'Allemagne. Le lendemain, elle est embauchée à l'hôtel Rapp à Stuttgart.

Début novembre 1941 : elle fait la connaissance de Pascal Brancaleoni.

14 décembre 1941 : au cabaret Novy, elle rencontre Louis Cat, avec qui elle entame bientôt une liaison.

28 janvier 1942 : le directeur de l'hôtel Rapp renvoie Aline en la traitant de « sale Française ».

2 février 1942 : elle quitte Stuttgart pour Mulhouse, où elle est hébergée chez ses parents.

24 février 1942 : Louis Cat la rejoint à Mulhouse. Le lendemain, le couple prend le train pour la France (zone interdite).

25 février – 7 mars 1942 : séjour à Arbois dans la famille Cat.

8 mars 1942 : ils passent la ligne de démarcation et arrivent à Poligny. Au cours de la nuit du 7 au 8, il semble que Louis Cat ait tué d'un coup de couteau un tirailleur marocain évadé. À Lons-le-Saunier, ils prennent un train pour le Midi.

11 mars 1942 : arrivée à Marseille. Séjour à l'hôtel de Suez.

Mi-mars 1942 : on leur prête un appartement à Bouc-Bel-Air, village dans la banlieue d'Aix.

23 avril 1942 : arrestation d'Aline par la police française (Surveillance du territoire).

Début octobre (?) 1942 : assassinat (maquillé en suicide) de Louis Cat par des détenus ou par des gardiens corses.

13 octobre 1942 : Aline est condamnée à deux ans de prison pour atteinte à la sûreté extérieure de l'État.

24 avril 1944 : libérée à l'issue de sa peine, elle échappe aux Corses et prend un train de nuit pour Paris. Séjour chez une amie à Issy-les-Moulineaux.

Début juillet 1944 : elle repart à Mulhouse chez ses parents.

Fin mai 1945 : retour de captivité de Roger Beaucaire.

26 mars 1946 : elle divorce de Roger Beaucaire.

10 juillet 1947 : Aline et son fils Paul quittent l'Alsace pour Marseille, où elle va travailler comme femme de chambre dans des hôtels.

11 septembre 1947 : convoquée pour vérifications à la Brigade de surveillance du territoire, elle est interrogée par le commissaire Maurice Cottentin, à l'intention de qui elle rédige un mémorandum, afin de se disculper des charges possibles pesant contre elle.

Je laissai mon document en suspens, car je n'en savais pas plus… Passant à Aline Bockert la Suissesse, je tentai d'établir une chronologie parallèle, avec la vague idée que les deux femmes auraient pu n'en faire qu'une, ce que les enquêteurs de la DST avaient imaginé en premier lieu. Mais je n'arrivais à rien de concluant. Sur ce point, ils avaient tout faux. Leur hypothèse était séduisante, mais trop facile. Je finis par abandonner.

Douze jours s'écoulèrent avant que je ne reçoive la première réponse. Sur ma messagerie personnelle. C'était le DCAJM, les archivistes de la justice militaire. *Objet : Demande docs 10/1942 TM Marseille de la part de R. Slocombe.* Le message, très bref, me priait, bien cordialement, d'ouvrir la pièce jointe. Nommée « Courrier n° 47 ».

**MINISTÈRE
DES ARMÉES**
Liberté
Égalité
Fraternité

*Secrétariat général
pour l'administration*

Direction des affaires
juridiques
Division des affaires
pénales militaires
Dépôt central d'archives
de la justice militaire

*Le Blanc, le 24 JAN. 2023
N° 47*

OBJET :   Demande de renseignements.
RÉFÉRENCES : 1°) Votre lettre en date du 12 janvier 2023 ;
2°) Arrêté du 24 décembre 2015
portant ouverture d'archives relatives à la Seconde Guerre mondiale.

Monsieur,

Faisant suite à votre lettre citée en référence, j'ai
l'honneur de vous informer que mon service détient
effectivement la procédure suivie à l'encontre de
Pascal BRANCALEONI, Robert MALLET, Alphonse
DECROIX, Robert SPIETZ, Gustave CARMAS,
Francis PERETTI et Aline HOFFERT épouse
BEAUCAIRE, jugés le 13 octobre 1942 par le tribunal militaire permanent de Marseille pour des
faits d'atteinte à la sûreté extérieure de l'État.

Les archives de cette procédure sont librement
communicables en vertu des dispositions de l'arrêté
de référence.

J'ai toutefois le regret de vous informer que, suite à des préconisations du ministère des Armées de procéder à une évaluation sanitaire des fonds d'archives en matière d'amiante, notre fonds documentaire est actuellement inaccessible au public et aux personnels du service, et ce pour une durée indéterminée.

Cette procédure n'étant pas numérisée et n'ayant pas fait l'objet de consultation antérieure, je ne suis pas en mesure de vous fournir de copie du jugement ni autre document.

Je vous propose donc de vous tenir informé, dès lors que l'accès à nos archives sera de nouveau autorisé. Il vous sera alors indiqué les modalités de consultation ou de délivrance de copie de la procédure.

Je vous prie d'agréer, Monsieur, l'expression de mes salutations distinguées.

Le courrier n° 47 était signé par l'officier greffier de 2e classe, chef du Dépôt central d'archives de la justice militaire, une dame extrêmement polie avec qui j'avais échangé des e-mails lors de recherches antérieures pour certains de mes romans. Il m'apportait confirmation de ce jugement que je connaissais déjà par le dossier Beaucaire/Bockert. Mais il ne m'apprenait rien sur la destinée d'Aline après 1947. Et le désamiantage des bâtiments du fonds documentaire du DCAJM pouvait durer des mois encore, voire des années. Je pris mon mal en patience et attendis les réponses futures à ma trentaine de lettres imprimées et expédiées.

Il n'y en eut pas.

Ou plutôt, j'avais pratiquement oublié cette affaire quand, au début de l'été, au moment où tout le monde partait en vacances, un courrier de mon éditeur contenant une enveloppe banale et chiffonnée apparut dans ma boîte à lettres au milieu de prospectus non sollicités. Ce message arrivait du Jura et était adressé à « Monsieur Romain Slocombe, Écrivain ». Expédié par un de mes lecteurs, probablement. Pour me dire qu'il aimait mes livres ou au contraire pour me signaler une inexactitude. Ou les deux. Cela se produit de temps à autre et j'avoue que je ne réponds pas à tous.

Je l'ouvris distraitement deux ou trois jours plus tard.

La lettre était rédigée au stylo sur des feuilles de papier quadrillé pliées en quatre, et soigneusement numérotées en bas à droite de chaque page. L'écriture était ronde et lisible. Les toutes premières lignes, à la suite du nom et de l'adresse de l'expéditeur, correspondaient plus ou moins à ce que je pouvais attendre.

M. Bernard Bouilleret
Résidence Le Biolet
Route des Chanelins
39270 Pimorin

Monsieur Slocombe,
Ayant récemment lu (et apprécié) votre roman L'inspecteur Sadorski libère Paris, *publié dans la collection « La Bête noire », je ne pensais pas vous écrire un jour.*
Des anciens collègues venus en visite la semaine dernière m'ont dit avoir reçu, au commissariat d'Arbois, une demande de renseignements que vous auriez envoyée.

243

Elle concernerait une certaine Aline Beaucaire.

Je pense que vous vous êtes trompé car vous parlez sûrement d'Alice Bridel.

Or il se trouve que je l'ai, sinon vraiment connue, en tout cas côtoyée, dans des circonstances assez spéciales vous allez le voir.

C'était ma première enquête en tant qu'inspecteur titularisé, au commissariat d'Arbois, ce devait être en juillet 1947. J'avais vingt et un ans. Le commissaire m'a envoyé à la pêche aux informations sur une Alice qui avait séjourné à Arbois en 1942 chez l'ancien principal du collège. Elle et son concubin, le fils du principal, fréquentaient un collabo notoire du nom de Simonneau, ou Simonnet, et avaient disparu ensuite, pour passer la ligne de démarcation. Il y avait un inspecteur de la DST de Strasbourg, nommé Chaumont Féréol, qui s'intéressait de près à cette femme, je ne sais pas pourquoi. Je n'ai pas découvert grand-chose et le commissaire Courvil, je me souviens, m'a passé un bon savon (pour m'apprendre le métier, car au fond c'était un brave type).

Du coup, je n'avais pas oublié, et lorsque l'affaire a rebondi, au printemps 1951, tout ça m'est revenu en mémoire.

Un squelette a été exhumé dans les bois de Buvilly. J'ai accompagné le commissaire et l'adjudant de gendarmerie sur les lieux. Ça n'avait aucun rapport avec Alice Bridel, en apparence, mais attendez. J'ai d'ailleurs un peu de remords à ce sujet, car c'est une histoire moche qui n'avait pas besoin de le devenir davantage. Le corps séjournait à fleur de terre depuis longtemps, des années, ça n'allait pas être aisé de l'identifier. J'ai flâné dans le coin en inspectant le sol et j'ai fini par ramasser un insigne de tirailleur marocain. Il s'agissait du 6ᵉ RTM, si mes souvenirs sont exacts. Puis on en a parlé dans la presse, et l'inspecteur Chaumont, à Strasbourg, a fait le lien avec la prénommée Alice. Il y a eu un mandat de recherche, pour meurtre et complicité, au bout du compte elle a été arrêtée à Perpignan, où elle était devenue l'épouse d'un inspecteur de la DST, monté en grade et commissaire principal chef de la Brigade de surveillance du territoire de Perpignan. J'ai su plus tard qu'il faisait partie de l'équipe qui l'avait arrêtée en 1942 pour espionnage... Ils s'étaient revus à Marseille en 1947, et mariés, et voilà. Elle s'appelait maintenant Mme Bridel.

Le véritable assassin du Marocain était le concubin d'Alice Bridel, dont le nom était différent en ce temps-là, peut-être Beaucaire, vous aviez raison, mais le gars était mort en prison avant la fin de la guerre et tout ça retombait sur cette pauvre femme. Le juge d'instruction a ordonné une reconstitution. Les conditions étaient différentes, pas de neige comme en mars 1942, au contraire on crevait de chaud car il y avait un beau mois de septembre. Alice Bridel jouait son propre rôle, moi on m'a confié celui du concubin, un ancien pilote je crois. Et – une idée du juge, pour plus de réalisme – on a dégoté un cantonnier nord-africain pour jouer le rôle du mort, le malheureux tirailleur qui s'était fait égorger. J'ai donc, comme je vous le disais, côtoyé Alice Bridel.

Elle avait environ quarante ans et c'était encore une jolie femme. On a prétendu que c'était une

allumeuse, non, moi je dirais plutôt une char-
meuse. J'étais jeune et on me jugeait beau gosse, à
l'époque. Elle m'a gentiment souri quand je devais
la serrer de près, puisque nous étions censés inter-
préter une paire d'amants en cavale. Mais plus tard,
quand j'ai fait semblant de trancher le cou du bicot
(c'est ainsi qu'on disait, dans le temps), et que le
cantonnier s'est affaissé en roulant des yeux, parce
qu'il s'appliquait à jouer son rôle, alors j'ai vu
Alice Bridel tomber à genoux en sanglotant.
Le juge l'a inculpée et elle a comparu devant le
tribunal militaire de Lyon l'année suivante. J'ai été
appelé à témoigner. Elle avait vieilli, après des mois
de détention préventive. L'inspecteur Chaumont
est venu de Strasbourg comme témoin à charge
et l'a enfoncée au maximum. Le fait qu'elle soit
mariée à un commissaire de police n'a pas spécia-
lement compté en sa faveur. Et puis les militaires
ne peuvent pas sentir les flics, vous le savez bien.
C'était une brochette d'officiers de cavalerie, tous,
et ils n'avaient pas des têtes à plaisanter. Encore
heureux que les premières années de l'épuration
étaient passées, que le public et les journaux comme
L'Humanité s'étaient calmés, sinon on aurait pu
avoir droit à une foule dehors exigeant sa peau. Et
à une condamnation à mort.
Le verdict a été rapide, elle a pris dix ans.
Je crois qu'elle les a purgés intégralement, ou
presque. Elle n'a pas eu de chance parce que son
mari, qui lui avait payé un bon avocat, et auprès
de qui elle pouvait encore espérer finir ses jours,
n'était plus là pour l'attendre lorsqu'elle est sortie
de centrale : le commissaire René Bridel de la DST,

affecté en 1960 en Algérie comme chef adjoint de l'ASM, l'antenne spéciale mobile, chargée de manipuler les informateurs, puis muté à la sous-direction des RG à Alger, a été porté disparu le 11 mai 1962. Lui et un collègue ont été enlevés par un groupe de choc du FLN, et on n'a jamais retrouvé leurs corps qui selon la rumeur auraient été dépecés.

Quant à Alice Bridel, je n'en ai plus entendu parler suivant sa détention. Les quelques recherches que j'ai pu faire n'ont rien révélé concernant ce point. En revanche, après une carrière bien remplie dans la police, je serais susceptible de vous raconter beaucoup d'histoires. Vous en tireriez sûrement un ou plusieurs romans. J'ai pris ma retraite avec le grade d'inspecteur principal au commissariat de Dole. Mon épouse est décédée en 2015, nous n'avons pas eu d'enfant, et c'est moi qui ai demandé à venir ici. La petite montagne du Jura c'est un coin très beau, l'EHPAD possède une bibliothèque et, avec les livres que m'apportent en plus mes anciens amis, j'ai de quoi passer agréablement le temps qu'il me reste à vivre. Dans l'espoir que vous aurez à cœur de bien vouloir répondre à l'un de vos lecteurs, et éventuellement vous intéresser à ses souvenirs, je vous prie de croire, Monsieur Slocombe, en ma très respectueuse considération.

Bernard Bouilleret

Je posai la lettre, me précipitai sur le clavier de l'ordinateur.

À quatre-vingt-dix-sept ans (j'avais fait un rapide calcul), l'inspecteur principal à la retraite Bouilleret pouvait être excusé d'avoir la mémoire qui flanche pour certains détails et de se rappeler une « Alice » au lieu d'une « Aline ».

J'écrivis dans la barre de recherche : *aline bridel*.

Je la trouvai tout de suite.

Mais il n'existait qu'une seule mention d'elle.

Sur le site public *Libra Memoria* (« Consulter un avis de décès », « Publier un avis de décès », « Informations pratiques », « Services », « Décès célèbres »…).

Madame Aline BRIDEL
1911-1978

Madame Aline BRIDEL est décédée le 23 juin 1978 à 67 ans. Wittelsheim. Mulhouse.

En plus petit, on lisait : *Avis de décès issu du fichier des personnes décédées de l'INSEE.*

Je me rappelai une phrase de son mémorandum de 1947.

Quand je serai vieille et fatiguée je retournerai à Wittelsheim finir ma vie, et je ne serai plus qu'un nom et un prénom et deux dates sur une pierre tombale et on me fichera enfin la paix.

Sur sa page de « Libra Memoria », il n'y avait ni photo, ni message, que ce fût de souvenir ou de condoléances (c'étaient les options proposées). Elle était désespérément seule – en tout cas sur Internet.

J'étais en train de visiter une sorte de cimetière numérique.

Je parcourus la page de bout en bout. Il y avait des fleurs, des bougies, une colombe de la paix. Le site me proposait aimablement :

Marquez votre sympathie en faisant apparaître gratuitement une étoile.

Aline en avait déjà une, j'allai voir, par curiosité. La première personne – comme ils disaient – à avoir déposé une étoile était simplement Libra Memoria.

Il y en aurait désormais deux.

L'étoile que je lui offris était absolument virtuelle.

Mais n'était-ce pas un petit peu mieux que rien du tout ?

Je rouvris ensuite mon fichier « Aline BEAUCAIRE » pour y ajouter une dernière date.

23 juin 1978 : décès dans l'anonymat dans le Haut-Rhin.

Elle était née là-bas, elle y était morte.

Le dossier d'une « sale Française » était clos.

septembre 2023

Sources

Une sale Française est une fiction, inspirée en partie de faits réels.

Je remercie mes fidèles amis historiens : François Le Goarant de Tromelin, spécialiste de la Milice et de l'espionnage allemand et soviétique ; Olivier Pigoreau, spécialiste des services du renseignement allemand en France ; Antoine Lefébure, spécialiste du renseignement intérieur de Vichy, qui ont eu la générosité de partager avec moi leurs archives ; et Jean-Marc Berlière, professeur émérite à l'université de Bourgogne, spécialiste de la police française, pour ses conseils toujours précieux.

Je mentionnerai également ma dette envers feu Gaby Aron-Castaing, dont les recherches ont apporté un éclairage inédit sur l'activité des services du contre-espionnage français dans la lutte contre les agents nazis infiltrés en zone libre avant novembre 1942.

Merci au personnel du Dépôt central d'archives de la justice militaire (DCAJM), et notamment Mme Nathalie Couloudou et M. Bruno Érault ;

à Philippe Charlier pour la relecture des passages médico-légaux, et pour ses suggestions astucieuses ;

à Paul Ébrard pour la traduction en langue corse et à Jean-Luc Bizien pour son concours ;

à Thierry Maugenest pour ses informations sur Bouc-Bel-Air et la région aixoise pendant la guerre ;

à Geneviève Brun-Ellis pour avoir patiemment reconstitué l'arbre généalogique de mon ascendance jurassienne ;
à Patrick Issert pour sa lettre.

Merci à celle qui m'a inspiré ce livre, dont le prénom n'était pas tout à fait Aline.

La partie du roman située en Franche-Comté a bénéficié de la lecture des ouvrages suivants :
Les Arboisiens dans la Seconde Guerre mondiale, par Roger Gibey, association Pasteur Patrimoine arboisien, 2013.
Déposition. Journal 1940-1944, par Léon Werth, éditions Viviane Hamy, 1992.
Dole sous la botte. Journal d'un Dolois pendant la guerre 1939-1945, par Henri Chazelle, imprimerie Chazelle, Dole, 1979.
Histoires secrètes de l'Occupation en zone interdite. Des Ardennes au Jura (1940-1944), par Jean Vartier, Hachette littérature, 1972.
La Ligne de démarcation. Le Jura sous haute tension, 1940-1943, par Marie-Claude Pelot, éditions Cabédita, Divonne-les-Bains, 2021.
Nos années d'espérance. Souvenirs, par André Besson, éditions Cêtre, Besançon, 1993.
La Vie des Français sous l'Occupation, par Henri Amouroux, Fayard, 1961.
Vivre sous l'Occupation 1940-1945. Chroniques jurassiennes, par André Robert, éditions du Belvédère, Pontarlier, 2015.
Voyages sur la ligne de démarcation. Héroïsme et trahisons, par Paul Webster et Marcella Webster, le cherche midi, 2004.

Les chapitres sur la Côte d'Azur dans les années 1940 et les activités des divers services de renseignement sont documentés par :

Abel Danos, dit « le Mammouth ». Entre Résistance et Gestapo, par Éric Guillon, Fayard, 2006.

L'Arche de Noé. Réseau ALLIANCE, 1940-1945, par Marie-Madeleine Fourcade, Plon, 1982 (1re éd. : Librairie Arthème Fayard, 1968).

Au service de l'ennemi. La Gestapo française en province (chapitre « La Gestapo française à Marseille »), par Philippe Aziz, Fayard, 1972.

Bandits corses. Des bandits d'honneur au grand banditisme, par Gregory Auda, Éditions Michalon, 2005.

Le Clan des Marseillais. Des nervis aux parrains, 1900-1988, par Jean Bazal, préface de Raoul Bottaï, Autres Temps, 2006 (1re éd. : Jean-Michel Garçon, 1989).

Côte d'Azur 1940 : impossible asile (titre original : *Les Sans-Droits*), par Walter Hasenclever, traduit de l'allemand et préfacé par Jean Ruffet, avant-propos de Stéphane Hessel, Éditions de l'Aube, 1998.

Le Diable en France, par Lion Feuchtwanger, traduit de l'allemand par Jean-Claude Capèle, préface d'Alexandre Adler et postface de Jean-Claude Capèle, Belfond, 1996.

Diaboliques. Sept femmes sous l'Occupation (chapitre « Histoire de la souris grise qui se fit panthère rouge »), par Cedric Meletta, Robert Laffont, 2019.

Double jeu pour la France, 1939-1944, par Robert Terres, Grasset & Fasquelle, 1977.

DST. Police secrète, par Roger Faligot et Pascal Krop, Flammarion, 1999.

Et le soleil se leva. Journal d'un cheminot résistant, de septembre 1940 à septembre 1944, par André Ruelle, Les bruits de la nuit, 1979.

La Guerre secrète des services spéciaux français (1935-1945), par Michel Garder, Plon, 1967.

La Lie de la Terre, par Arthur Koestler, traduit de l'anglais par Jeanne Terracini, Éditions Charlot, 1947.

La Liste noire (titre original : *Surrender on Demand*), par Varian Fry, traduit de l'anglais (États-Unis) par Édith Ochs, Plon, 1999 ; rééd. sous le titre *Livrer sur demande*.

Quand les artistes, les dissidents et les Juifs fuyaient les nazis (Marseille, 1940-1941), Agone, 2008.

Marie la Jolie, par Marie Paoleschi, récit présenté et recueilli par Jean Bazal, Robert Laffont – Opera Mundi, 1979.

Marseille année 40, par Mary Jayne Gold, traduit de l'anglais (États-Unis) par Aline Seelow, préface d'Edmonde Charles-Roux, postface de Pierre Sauvage, Éditions Phébus, 2001.

Mémoires d'un révolutionnaire 1905-1945, chapitre IX « La défaite de l'Occident (1936-1941) », par Victor Serge, Lux Éditeur, 2020.

Mon royaume pour un cheval (roman), par Michel Mohrt, Albin Michel, 1949.

Police and Politics in Marseille, 1936-1945, par Simon Kitson, Brill, 2014.

Polices des temps noirs. France 1939-1945, par Jean-Marc Berlière, préface de Patrick Modiano, Perrin, 2018.

Rien où poser sa tête, par Françoise Frenkel, préface de Patrick Modiano, Gallimard, coll. « L'Arbalète », 2015.

Roger Wybot et la bataille pour la DST, par Philippe Bernert, Presses de la Cité, 1975.

La Saga Guerini, par Marie-Christine Guerini, avec Antoine Artillan, Flammarion, 2003.

Services spéciaux, 1935-1945, par le colonel Paul Paillole, Robert Laffont – Opera Mundi, 1975.

Soldats sans uniforme. La répression policière de l'espionnage et de la trahison, de l'affaire Dreyfus à 1945, par Gaby Aron-Castaing, préface de Jean-Marc Berlière, Nouveau Monde éditions, 2017.

Un chemin vers la liberté sous l'Occupation. Du comité Varian Fry au débarquement en Méditerranée, Marseille-Provence 1940-1944, par Daniel Bénédite, texte présenté et annoté par Jean-Marie Guillon et Jean-Michel Guiraud, Éditions du Félin, 2017.

Une ville en fuite : Marseille, 1940-1942, textes réunis et commentés par Jean-Louis Parisis, Éditions de l'Aube, coll. « Regards croisés », 1992.

Un flic chez les voyous. Le commissaire Blémant, par Jean-Pax Méfret, Pygmalion, 2009.

Vichy et la chasse aux espions nazis 1940-1942 : les complexités de la politique de collaboration, par Simon Kitson, Éditions Autrement, coll. « Mémoires », 2005.

Le rapport déclassifié n° 1704 en date du 11 mai 1945, de la station OSS/X-2 de Paris, contenant l'interrogatoire préliminaire de « la Panthère rouge » suivant sa première arrestation à Wiesbaden en avril 1945 par les services alliés, avant son transfert à Londres au centre de triage APO655 puis au camp 020 (l'agent nazie semble avoir été utilisée ensuite par les Alliés comme indicatrice, jusqu'à ce que reconnue dans le métro parisien elle soit arrêtée une seconde fois, le 8 décembre 1945, et écrouée à Fresnes).

Et, pour le chapitre XXIII « Une aquarelle sur le Vieux-Port », l'interview du peintre allemand Richard Lindner par Robert Cordier parue dans le magazine *Zoom*, n° 20, septembre-octobre 1973.

Certaines informations présentes dans l'épilogue sont librement adaptées d'une des biographies de l'article « Les policiers tués pendant la guerre d'Algérie. Un silence abyssal », par Michel Salager, 2019 (téléchargeable sur : http://www.slhp-raa.fr/progs/UploadPci/guerre_algerie_policiers_tues.pdf), publié par la Société lyonnaise d'histoire de la police.

Enfin, les passages concernant les prisonniers de guerre m'ont été suggérés par :

Les Grandes Vacances, par Francis Ambrière, édition définitive, SEGEP, 1951.

Les KG parlent, avec un avant-propos de René Laumond, Denoël, coll. « Les prisonniers peints par eux-mêmes », 1965.

Mémoires de captivité. Témoignages de prisonniers de guerre ornais 1940-1945, Conseil général de l'Orne, Archives départementales, Services éducatifs, 1995.

La citation en exergue est extraite de *L'Âge des amours égoïstes*, par Jérôme Attal, Robert Laffont, 2022.

Phuong-Dinh Express
Les Humanoïdes associés, 1983
PUF, 2002

Un été japonais
Gallimard, « Série noire », 2000
et « Folio policier », 2006

Brume de printemps
Gallimard, « Série noire », 2001

Saké des brumes
Baleine/Seuil, 2002

Averse d'automne
Gallimard, « Série noire », 2003

La Japonaise de St. John's Wood
Zulma, 2004

Nao
PUF, 2004

Regrets d'hiver
Fayard Noir, 2006

Envoyez la fracture !
Editions La Branche, 2007
et « Pocket », n° 14908

Qui se souvient de Paula ?
Syros, 2008
et « Points Policiers », n°P6180

Mortelle Résidence
Le Masque, 2008

Lolita complex
Fayard Noir, 2008

Christelle corrigée
Le Serpent à Plumes/Le Rocher, 2009

L'Infante du rock
Parigramme, 2009

Sexy New York
Fayard Noir, 2010

Monsieur le Commandant
NiL, coll. « Les Affranchis », 2011
et « Points Signatures », n°P5306
adapté en bande dessinée
par Xavier Bétaucourt et Etienne Oburie
Phileas, 2022

Shanghai connexion
Fayard Noir, 2012

Première station avant l'abattoir
Seuil Policiers, 2013
et « Points Policiers », n° P3316

Avis à mon exécuteur
Robert Laffont, 2014
et « Pocket », n° 16673

Un été au Kansai
Arthaud, 2015

Le Secret d'Igor Koliazine
Seuil Policiers, 2015

Des petites filles modèles…
Belfond, coll. « Remajke », 2016

La Débâcle
Robert Laffont, 2019
et Points « Les grands romans », n° P5230

LA SÉRIE SADORSKI

LA TRILOGIE DES COLLABOS

L'Affaire Léon Sadorski
Robert Laffont, « La Bête noire », 2016
et « Points Policiers », n° P4640

L'Etoile jaune de l'inspecteur Sadorski
Robert Laffont, « La Bête noire », 2017
et « Points Policiers », n° P4848

Sadorski et l'ange du péché
Robert Laffont, « La Bête noire », 2018
et « Points Policiers », n° P5055

LA TRILOGIE DE LA GUERRE CIVILE

La Gestapo Sadorski
Robert Laffont, « La Bête noire », 2020
et « Points Policiers », n° P5422

L'inspecteur Sadorski libère Paris
Robert Laffont, « La Bête noire », 2021
et « Points Policiers », n° P5641

J'étais le collabo Léon Sadorski
Robert Laffont, « La Bête noire », 2022
et « Points Policiers », n° P5984

LA TRILOGIE DES DAMNÉS

Sadorski chez le docteur Satan
Robert Laffont, « La Bête noire », 2024

Les Revenants de l'inspecteur Sadorski
Robert Laffont, « La Bête noire », à paraitre

Sadorski et la mort subite
Robert Laffont, « La Bête noire », à paraître

RÉCITS, NOUVELLES, ESSAIS

L'Art médical
Temps futurs, 1983

L'Empire érotique
La Sirène, 1993

Carnets du Japon
PUF, 2003

Route 40
Belfond, 2016

Hématomes
Belfond, 2017

L'Été 64
Le Petit Écart, 2020

PLONGEZ DANS LA SAGA SADORSKI

*L'Affaire
Léon Sadorski*

**Avril-mai
1942**

**Juin-juillet
1942**

*L'Étoile jaune de
l'inspecteur Sadorski*

*Sadorski
et l'Ange du péché*

**Mars-avril
1943**

La Gestapo Sadorski

**Octobre-
novembre
1943**

**Juillet-août
1944**

*L'inspecteur Sadorski
libère Paris*

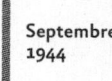

**Septembre
1944**

*J'étais le collabo
Sadorski*

« UNE FRESQUE ROMANESQUE ET
HISTORIQUE HALLUCINANTE. »
LE FIGARO

RÉALISATION : NORD COMPO À VILLENEUVE-D'ASCQ
IMPRESSION : CPI FRANCE
DÉPÔT LÉGAL : JANVIER 2025. N° 157977 (3059175)
IMPRIMÉ EN FRANCE